手斧男孩

YONGQI

勇气

[美] 盖瑞·伯森 著
王 敏 译

接力出版社
Publishing House

桂图登字：20—2021—052

图书在版编目（CIP）数据

勇气 /（美）盖瑞·伯森著；王敏译. — 南宁：接力出版社，2022.3（2024.12重印）
（手斧男孩）
ISBN 978-7-5448-6550-0

Ⅰ.①勇… Ⅱ.①盖… ②王… Ⅲ.①传记小说－美国－现代 Ⅳ.① I712.45

中国版本图书馆CIP数据核字（2021）第270856号

责任编辑：王琪瑮　涂曼璐　　装帧设计：王悦
责任校对：张琦锋　　责任监印：刘宝琪　　版权联络：王彦超
出版人：白冰　雷鸣
出版发行：接力出版社　　社址：广西南宁市园湖南路9号　　邮编：530022
电话：010-65546561（发行部）　　传真：010-65545210（发行部）
网址：http://www.jielibj.com　　电子邮箱：jieli@jielibook.com
经销：新华书店　　印制：河北鹏润印刷有限公司
开本：889毫米×1194毫米　1/32　　印张：4.25　　字数：60千字
版次：2022年3月第1版　　印次：2024年12月第11次印刷
印数：97 001—117 000册　　定价：30.00元

总序

一个现代少年的绝境自救

彭　懿

假如有一天，你突然被抛弃到一片你出不去、别人进不来的大森林里，你靠吃野果或野兽充饥，一个人能挣扎着活过五十四天吗？

布莱恩能。

他本来是要坐飞机一路向北，去找爸爸，和他一起度过夏天的几个月，后来飞行员突发心脏病去世，飞机坠落，跌进了加拿大北部的丛林里，具体位置他不知道，他也不知道在那之前飞了多久，朝哪个方向飞的……

慢慢来，他暗想，慢慢回忆，不要急。

几个小时以前，十几岁的布莱恩还身在纽约，刚和妈妈在机场告别——妈妈和爸爸离婚了，他坐一架单引擎的小飞机去加拿大的油田看爸爸。可是飞行员猝死，他操纵小飞机，好不容易栽进了原始森林的一个湖里。就这样，一个没有任何野外生存经验的城里孩子，突然就被丢进了一个与世隔绝的世界里。

他饥寒交迫地站了起来。“满眼都是杂草和灌木丛。除了数不清的鸟，还有那只河狸，还能抓什么，还能烤什么？就算能抓住一只活物，他也没有火柴，没火柴怎么生火……”他哭过，绝望过，害怕过，在梦里喊过妈妈，但没用，没人能伸出援手，他只能依靠自己的力量自救。“我只能靠我自己，我必须自己行动。”

还好，上飞机前妈妈送了他一把手斧，他一直把它挂在腰带上。想不到这把手斧救了他的命，他用它“凿”火，用它砍树，用它搭房子，用它制造武器。他还和黑熊抢吃覆盆子，吞过难吃的乌龟蛋，遭遇过大灰狼，差一点儿被驼鹿撞死……一天又一天过去了，最后，他发现自己重生了。“他感觉到心中燃起了新的希望——不是希望被救走，他早就不想这个了。他的希望源于知识，他心怀希望，因为他善于学习，学会了生存，学会了照顾自己。‘不屈不挠，心存希望。’他一个晚上都在想这个。对，我要不屈不挠，心存希望。”

当然，和所有的冒险小说一样，布莱恩后来也获救了，只是获救的那一幕非常戏剧化，让你不知道应该是笑好还是哭好。那天，也就是他遇险后的第五十四天，他把救生包从飞机里掏了出来，里面食物数量之多，让他“觉得自己真的可以吃到地老天荒了”。他熬了一锅牛肉饭和蜜桃蛋奶，可是还没来得及享用这美味大餐，一架小飞机就来救他了——

布莱恩已经站起来了，可依然说不出话，手里依然端着橙汁。他的舌头好像打了结，粘在了嘴巴里，喉咙好像也不听使唤了。他看了看飞行员，看了看飞机，又看了看自己——脏兮兮，乱糟糟，皮肤黝黑粗糙，整个人干瘦。他清了清嗓子。

“我叫布莱恩·罗伯逊。”他说。接着，他突然看到牛肉饭已经煮好了，蜜桃蛋奶也差不多能吃了，于是用手指了指，对飞行员说：“要不要先吃点？”

这套书的第一部《手斧》，发表于 1987 年，获得了 1988 年纽伯瑞儿童文学奖银奖。因为故事写得太逼真了，以至于美国《国家地理杂志》还以为真有其人其事，想对布莱恩做一个采访报道。写这本书的作家叫盖瑞·伯森，他本人就住在森林里，他说：“我一直认为，发生在布莱恩身上的每一件事都应该以现实为基础……我决定只写那些曾经发生在我身上的，或者经过我证实的、确实适合布莱恩的故事。”

今天生活在大都市里的男孩子们，真应该好好读一读这本书。手斧男孩布莱恩在书里教会了我们一条最重要的生存法则，那就是：怨天尤人毫无用处。

还有就是要记住：哪怕没有手斧，你也还有勇气。

CONTENTS

目　录

作者的话

我在“手斧男孩”系列中所刻画的主人公是一个名叫布莱恩·罗伯逊的男孩。在我收到的众多读者来信中，问得最多的一个问题就是我本人有哪些与布莱恩相似的经历。为了统一答复这些问题，我写了《父亲河流，母亲森林：关于在北方森林里捕鱼狩猎的随笔》，讲述我童年时代打猎和捕鱼的生活，还有从森林里学到的一些知识。

可读者来信非但没有减少，反而更多了。很多读者想要知道更具体的过程，比如我是什么时候、在什么地方被驯鹿攻击的，我是怎样像布莱恩那样捕猎一头小鹿的，我是不是真的像布莱恩那样被成群的蚊子攻击过……诸如此类的问题还有很多。我觉得有必要写出自己这些经历，因为正是它们给了我布莱恩林中冒险故事的创作灵感。

布莱恩的故事有很多——甚至可以说全部都取材于我儿时的经历。我希望《勇气》这本书可以帮助感兴趣的读者们更深入地了解布莱恩，也更多地了解我的生活。

1

高空坠落

现在，他坐在一架轰隆隆向前飞行的丛林飞机上，距离地面七千英尺[1]，下方是一望无际的北部荒原，飞行员突发心脏病，要么已经死了，要么陷入了重度昏迷。

飞机上只剩他一人。

——《手斧》

① 1英尺约合0.3米。——本书脚注若无特别说明，均为编者注

在《手斧》这本书中，布莱恩所遭遇的最悲惨的一幕也许就是飞行员因突发心脏病而死，他不得不自己驾驶飞机，几乎就像“定点”坠落一样迫降在一片湖面上，然后游到岸边，才得以逃生。

在我有幸成为一个成功的作家之前，有段时间我四处接一些建筑活儿，一有空就在家写点东西。因为业余时间比较多，我就加入了救护车应急志愿者的行列。当时，我和太太住在两条主要高速公路交会处的一个小镇上。应急志愿者队伍规模很小，只有一辆从其他城市淘汰下来的旧救护车。不过，我们是方圆几千英里[①]内仅有的一支志愿者队伍。

我们接到的救援任务，有车祸，有农事事故，有中毒事件，还有大量心脏病突发的状况。接到电话后，我要么独自赶去处理，要么和另一位同样从事自由职业的志愿者一起前往。

仅第一年，我就碰到了十几个心脏病发作的病人，可惜他们当中的大多数在我抵达之前就咽气了，由于路程太远，我们根本无法及时赶到，挽救他们的生命。就算我们能及时赶到，那也得等距离最近的城市派出“生命航班”救援直升机。直升机到达通常需要一个小时或更久，那时候一切为时已晚。

我记得自己写《手斧》的时候，接到一通来自科罗拉多州斯普林斯市东北大概六十英里处一个小农场的电话。那是个大清早，警报器突然铃声大作，我衣服还没穿好就

① 1 英里约合 1.6 公里。

奔向旧卡车，然后开到救护车停放的车库，拿起挂在墙上的电话。

“求你赶快过来！”一位女士说，“我的丈夫哈维出事了，他胸口疼。”

她告知农场的地址后，我就立刻出发了。我像疯了一样开着救护车，走那条崎岖不平的石子路本来平时要二十分钟，我只用了十四分钟。

我带着急救包冲进屋的时候，天才蒙蒙亮。一进厨房，我就闻到一股不好的气味。屋里的灯都开着，一个五十岁左右的男人坐在餐桌前。他脸色发灰，用右手撑着自己的左肩。看到我，他尴尬地笑了笑，像是因为给我添了麻烦而表示抱歉。他欲言又止，两眼盯着地面，眼神茫然。他的太太身材纤瘦，身穿运动衫和牛仔裤。她站在丈夫身边，用我们常说的“那种眼神”看着我，仿佛在说：“谢天谢地，你终于来了！求求你救救他，一定要救救他！”

空气中的臭味很浓，他脸色苍白。我正要伸出手去扶他躺下，他的身体像被电击一样抽搐起来，变得僵硬，然后从椅子一侧摔倒在地。他直勾勾地盯着我的眼睛。

“给医院打电话，让他们派直升机过来，赶快！”我边说，边跪下来帮他。他突然又一阵抽搐，身体再次僵硬起来，眼睛瞪得很大。那气味越来越浓，我知道其实大势已去。当然，总还有一线希望——人们总是心存希望的。有一次我去车祸现场救援，看到自己认识的孩子们已经丧命，我还是在尽力抢救，因为我无法接受他们的死亡——只要有希望，就不会接受。所以即使空气中已经弥漫了那种气味，这人的皮肤也已经变得冰冷，我依然没有放弃。我给他做心肺复苏，因为他的太太一直用“那种眼神”看着我，我不能放弃。时间一分一秒地过去，半个小时后，终于传来旋翼的声音。这次直升机来得够快了，可对这位病人来说还是迟了。我知道他已经离世，而且目睹了他死亡的过程，但我还是一刻不停地给他做着心肺复苏。人死我见得多了，但像他这样在弥留之际还直勾勾地盯着我的眼睛的人，我还是第一次遇到。

几年后，我开始写《手斧》，写到飞行员猝死的那一段，在我目睹的众多死亡案例中，我唯独想起了这一次，想起了这个男人和他那双眼睛。于是，我让他坐在布莱恩身旁驾驶飞机，因为他是个真实人物，而真实性也正是此书所追求的。把他写进书里的那个晚上，我一夜没睡好觉。今天，我再次想到了他的眼睛，注定又将度过一个不眠之夜。

那次救援过了整整一周后，我又鬼使神差似的目睹了一场飞机失事的惨剧，或者说是目睹了惨剧的直接后果。我把这次经历也写进了《手斧》。

很少有人意识到，丹佛市东南面的地势是逐渐升高的，跟紧邻落基山脉的西面一样。那里丘陵草原的地势缓缓上升，略高于丹佛机场，绵延五六十英里之后，逐渐消失在堪萨斯草原的边缘。

当时那位飞行员没有认真查看航空地图，从丹佛起飞时，他想当然地以为自己会离地面越来越远，导致飞行高度不够，结果以一百八十节①的巡航速度撞上了山脊。飞机失事不到四小时，我赶到了现场，那里只能辨认出飞机引擎、一个被压扁的钢球和一些油渍。

---

① 1 节约合 0.51 米 / 秒。

飞机上其余的一切都变成了碎片，包括座位、机翼、机身等，甚至有三位乘客的遗骸都找不到了。他们就像从人间蒸发了一样，没留下一点儿残迹，调查组最终放弃了所有辨认工作。飞机的碎片，以最初撞击的山脊为中心，散布在长一百码①、宽四分之一英里的椭圆范围内，大多数都和二十五或者五十美分的硬币差不多大小。飞行员的飞行高度只要再高出六英尺，他就是安全的。后来我在《手斧》里也写到了飞机全速撞向地面那毁灭性的一幕。

我还见过其他的飞机失事场景，比如，我曾在部队里见过战斗机坠毁的惨烈。战斗机飞行员有时候也会遭遇不幸，但更多情况下他们可以幸免于难，可这毕竟是非常规装备下的极端事件，并不适用于一般飞机。战斗机飞行员在训练或者作战时，必须不断挑战飞机性能的极限和自己的极限，只有这样才能在战斗中存活下来。

1946 年，七岁的我在一艘驶往菲律宾的轮船上看到一架飞机在太平洋上迫降。那是一架在第二次世界大战中使

① 1 码约合 0.9 米。

用的 C-54 型四发动机螺旋桨飞机，用来运送乘客和货物，性能非常稳定。那架飞机肯定出了什么问题，导致四台发动机都受到影响，不得不迫降。我们的船长把船停下，那架 C-54 飞机在空中盘旋，直到飞行员将它驾驶到离船尽可能近的地方。海面风平浪静，至少看上去是这样，但是飞机一落到海面上就似乎弹了起来，在空中稍稍倾斜，接着再次落下，在机尾向前大约三分之一处断成了两截。飞机离我们很近，我能看到飞机上的乘客被甩到了海面上。当飞机停下来的时候，越来越多的人从舱门爬上了机翼，他们全都是妇女和孩子。后来我们才知道他们都是去探望自己丈夫和父亲的。此时遇难的人数还不是很多，毕竟那些被甩出去的人都穿着救生衣，而且轮船已经放下救生艇前去搭救幸存者。

船开得很慢，时速不到七海里。船上满载着乘客，每天厨房都会制造出很多厨余垃圾，这些垃圾被收集起来，从船尾扔进大海。鲨鱼成群结队，每天尾随轮船享用这些食物。那架飞机一坠入海中，鲨鱼们就被残骸吸引过去。飞机坠海后立刻下沉，在救生艇抵达落水人群、实施救援前的几分钟里，鲨鱼已经对落水的乘客发起了凶猛的攻击。这是我有生以来见过的最为残忍的画面。

后来，我写作的时候回想起飞机在看似风平浪静的海面上断成两截的场景，好像飞机触碰的不是水面，而是砖墙。研究显示，大型客机撞击水面常常会断为两截（断裂程度取决于当时的浪高），而单引擎飞机或小型飞机几乎从来不会断裂。我在写布莱恩驾驶赛斯纳小型飞机遭遇空难时，着力描述看似轻柔的水面如何像混凝土般“坚实”，当时我想起的就是那起惨烈的海上坠机事故。虽然我没有经历过乘坐赛斯纳 406 型丛林机遭遇空难的事（希望永远不要），但是我乘坐的飞机有一次险些坠毁，还有一次紧急迫降，两次我都差点送了命。

两次意外都发生在阿拉斯加的冬天，我刚参加完艾迪塔罗德狗拉雪橇比赛不久。参加完第一次比赛之后，我创作了小说《狗之歌》，得到了一定的认可，开始在全州各地巡回演讲，当时我乘坐的就是赛斯纳 406 型丛林机。

飞行员看起来非常年轻，不过以我那时候的年纪，我看大多数人都很年轻。他是一位称职的飞行员，起飞前认真地做了检查。尽管我俩经常一起乘坐这架飞机，但他总是会重复说明安全带使用方法、应急装备和灭火器的位置以及如何逃出机舱。

那时候是冬天，我们的目的地是费尔班克斯市北部内陆的一个村庄。天气奇冷无比，大概有零下五十摄氏度。因为两天后就要离开安克雷奇市回到本土四十八州了，我就没有带皮大衣或者其他御寒衣物，事实证明我大意了。我们在冬季森林上空大约三千英尺的高度巡航，时不时能看到一头驼鹿，有一次好像还看到一匹狼。正当我沉浸在对荒野森林的热爱之中无法自拔时，飞机发动机突然停止了工作。

飞机仍在空中飞行，惯性让螺旋桨继续保持转动，但是很明显发动机已经不再运转，操纵杆也不再起任何作用。面对这种突发情况，飞行员立刻让飞机滑翔以保持航速。

刹那间换了个世界——这是我写《手斧》时唤起的真实感觉。发动机熄火完全改变了这次飞行的性质，在我们下方掠过的丛林不再是宜人的美景，它变成了随时可能埋葬我们的坟场。尽管我以前在丛林中生活过很长时间，但那是出于自己的意愿，是自己想要的生活状态。而现在，我正在坠落，快速坠落，坠向一片我来不及应对的荒野。我没有合适的衣物，没有武器，除了一个睡袋和飞机上的应急包之外没有其他生存装备。可以说，当时的我就是后来书中的布莱恩。

飞行员忙着重启发动机，试图通过无线电设备联系外界，同时复查应急安全措施是否到位（拉紧安全带，做好面部防护）。为了使飞机在空中停留尽量长的时间，必须要让飞机保持合适的滑翔角度和速度，还得寻找适当的地方紧急迫降。

飞行员在操作的时候，我自己也忙个不停。我在忙着思考我们所面临的状况，设想可能出现的问题，试图不去回想此前在部队里目睹的坠机事件，不去回想很久以前在太平洋上撞向水面的那架飞机……

我根本就是在瞎操心。这架飞机装有轮子和滑雪板（轮子安装在滑雪板的凹槽中），年轻的飞行员非常专业。眼前的野地上布满了小溪小河，它们都冻成了一条条白丝带。飞行员选中了其中一条河，稍稍放低飞机的襟翼，飞机平稳地降落下来。降落前河面看起来似乎太窄，但随着我们越来越接近，才发现它对于一架小客机来说已经足够宽了。飞机在冰面的积雪上滑行一段距离后慢慢停了下来。

“别担心，”飞行员说着，从座位下面拿出了一个小工具箱，“这种事经常发生，你待在座位上，只要两三分钟……”说完，他跳出机舱，嘴里咕哝着什么，好像是说燃油里混进了机油或者是水。他穿着皮大衣，风帽挡住了他的说话声。

哦，那就好，我心想。这样我们就不用担心了，因为发动机熄火这种事经常发生。这让我感觉好多了。

这时，我看到河的一侧有一串驼鹿的脚印，一直延伸到岸边的雪地里，看起来是刚刚留下的。于是我想，如果要在这里长久地待下去，至少有肉可以吃，前提是应急包里有把来复枪，或者我有充足的时间来做张弓（我以前真做过弓箭，还拿它来打过猎）。最重要的是，当时我们有火柴，而且树林里有足够的柴火，所以我们打到驼鹿回去可以用火烤熟了吃。

飞行员说的没错。不到五分钟，他又回到了驾驶舱，推动油门杆，按下一两个开关，发动机便轰隆隆地恢复了工作。

“水，”伴随着隆隆的发动机声，我听他喊道，“燃油管……冷凝……气泡……清除……”

我点点头，其实我只知道发动机又启动了，而且声音听起来平稳、正常。他降落的冰河向前方笔直地延伸了一英里左右，夹在树木覆盖的山丘中间。他对准冰河中线，推动油门杆，我们好像从雪地上一下子跳到了空中，继续飞向一百英里外的村庄。我又重新饶有兴趣地看着这片冰雪覆盖的丛林。后来写书的时候，我把布莱恩放在了同一架飞机的同一个座位上，我依然记得发动机熄火，螺旋桨持续转动，我绝望地看着飞机向地面滑降的那种感觉。

过了一年，我了解到一些关于赛斯纳 406 型丛林机机尾的一些知识，正如布莱恩将会了解到的那样，只是我经历的情形和布莱恩完全不同。

那是我第二次参加艾迪塔罗德狗拉雪橇比赛的时候，过程非常残酷。那次是第十三届比赛，那天的天气非常恶劣，风雪交加，就算你闭着眼睛，冰碴儿和雪花都会被刮进眼睛里，有时候风大得像是要把你肺里的空气全部吸出来一样。我以前训练时也经历过恶劣的天气，但是从来没有这么恶劣。在漫天飞雪的黑夜里，一时间看不见雪橇前面的任何东西，连雪橇狗也看不见，更不要说道路了。队伍停下来以后，我手脚并用，在地上匍匐前进（因为一站起来就会被风吹倒），好不容易才找到了我的头犬，那是一只三岁的棒小狗，名字叫小巴克，它用脚一步一步在厚厚的雪地里摸索赛道的边缘。

比这梦魇般的天气更糟糕的是，不知什么地方出了差错，我们的狗粮没有运到检查站。第一次发生这样的事时，橇主们合伙租了一架直升机把狗粮送过来，也不计较之前已经付过的运输费。这样的事再次发生的时候，正好赶上三天的休赛期，我们都在原地等狗粮运到前方的检查站，可直到比赛开始都没有等到，这导致整个比赛节奏都乱了（是的，比赛有事先制订好的流程和计划），或者说根本没了节奏。

结果利比·瑞德尔斯赢得了冠军，她是第一位获得艾迪塔罗德狗拉雪橇比赛冠军的女性。她冒着暴风雪穿越结冰的海面，别人都不敢冒这个险。她出发后的第二天我尝试了一下，结果我的雪橇狗们被大风吹得无法前进，毛茸茸的一堆压在我身上。我被困在结冰的海面上，无法继续比赛，于是我想方设法把要离开这里的口信带到诺姆市。我先把口信告诉了一位橇主，他又转告另一位橇主，接着又传给第三位橇主，第三位橇主告诉了检查站的一位无线电接线员。在诺姆市等我的驯犬师收到口信后，找了一架丛林机来接我和雪橇狗们。

一开始，我不敢相信有飞机能完成这项任务。虽然曾经听说过小型包机飞行员们的那些惊人壮举，但我总觉得那只是传说，其中不乏夸张和神化的成分。

要理解那位飞行员的操作必须先了解当时的情况。我不确定当时的风速，只知道风大得让我站都站不稳，后来才听说当时的风速达到了九十节[①]。我的雪橇狗们都躲在冰脊的缝隙里，我躺在旁边，侧身护着它们。如果我站起来，风肯定会把我吹跑（后来我听说有人坐在雪橇上被风刮出

① 90节的风力达到了十四级。

去好几英里）。狗之所以没被刮走，是因为它们个子矮，爪子可以扒住冰面。当时还有传言说，有一整支雪橇队被刮走，两天后在四十五英里外的地方被一架飞机发现。尽管后来才知道事实并非如此，但是当初听说的时候大家都深信不疑。

在暴风雪肆虐的冰天雪地里，飞行员从九十英里之外的诺姆市出发来找我。当他看到我耀眼的黄色雪橇包时，他把飞机停在附近的冰面上，向我挥手示意。他并没有把飞机完全停落在冰面上，冲我挥手的时候螺旋桨还在呼呼地旋转。凑巧的是，那飞机也是赛斯纳 406 型。

我依然无法站起来，飞机离我只有三十码的距离，却似乎无法企及。我艰难地爬到头犬（就是用自己的脚摸索着赛道前行的那只狗）跟前，把它从冰脊里比较舒适的地方拽了出来。我依然匍匐在地上，把头犬和队伍的其他成员一起拽到了飞机上。可是雪橇刚被拖离了冰脊那微弱的保护后（冰脊不足四英尺高），风就把它刮得像风向标一样直打转，我和小狗们一齐使尽浑身力气拖住它。我爬到十四只小狗的队尾，用刀把绳子割开，雪橇连同我所有的装备立刻被风刮走了。我又爬回到头犬身旁，把它拖上了飞机。

我站在飞机的一侧，打开舱门，从里面抓住把手，然后把拴在一起的小狗们拽进机舱。它们从来没有坐过飞机，更没有靠近过发动的飞机，所以它们害怕得几乎都快把我拖走了。然而，它们对我极其信任，最终小巴克允许我把它拖进机舱。头犬一进机舱，其他的小狗也紧跟其后，任由我抓住缰绳把它们一起拉进机舱。问题是，它们虽然信任我，但依然非常恐惧。发动机发出的巨大轰鸣声被狂风无限放大后震耳欲聋，对于这些小狗来说，当时的机舱恐怕是世界上最危险的地方。它们转身跑到机尾，试图尽快逃离这巨大的噪声。

十四只狗，每只有五十磅[①]重，这意味着突然有七百磅的重物压到了机尾。此时飞机已经预备起飞，机尾像石头一样下沉，整架飞机一下跃向空中，大概有一百英尺高。这时，我半个身子还挂在机舱外面，如临深渊。我紧紧抓

① 1磅约合0.4公斤。

住舱门上的把手，直到一阵风刮得机身倾斜后我才借势让整个身体坐进了机舱里。

机尾的重量造成飞机倾斜，我失去平衡，摔到了小狗们身上，给原来已经很重的机尾又增加了两百磅的重量。我头朝下脚朝上栽在一堆狗中间，它们被发动机的轰鸣声刺激得不停号叫。这时，我听到飞行员喊道："机尾太重了！把狗扔到前面来，不然我们就要掉下去了！"

我猛地站了起来，抓起一只狗向飞机前部扔去，结果用力过猛，砸到了飞行员。然后，那只狗立刻又冲我跑了回来。我又抓起一只扔过去，就这样一只接一只扔出去，百发百中，全都砸在了飞行员身上。整个起飞过程中，飞行员一直在对我破口大骂，还不停地冲小狗们喊叫。我依旧拼命往前面扔狗，尽管最终它们还是会跑回后面来，结果还小有发现：飞机前部要保持有三到四只狗的状态。

我们的飞机就这样挣扎着飞到了白令海峡上空。我开始在脑海中幻想飞机坠入海中，我们都随之沉入海底的画面。想到这里，我立刻重整旗鼓，又开始一只接一只地向前方扔狗，然后看着它们再跑回机尾。这时，我又开始幻想飞机坠海，之后又更加卖力地抓起小狗往前扔。

那天，我还穿着我的全套冬季装备，包括一件羽绒服。小狗们开始咬我和飞行员，还撕扯我的羽绒服。不一会儿，飞机上到处都充斥着白色的羽绒、扔来扔去的小狗、飞行员的各种咒骂，还有斑斑血迹。

飞到诺姆只需要二十分钟，每一分钟我都深信我马上就要坠入海底。我不停地往前扔狗。后来我估算了一下，大概每五秒钟扔出一只狗，也就是每分钟十二只，这二十分钟一共扔了两百四十次，每只雪橇狗重五十磅，抛掷距离约等于飞机的长度——十五英尺。当我们最终在诺姆着陆的时候，飞行员让两个人把一辆推车放在机尾下面，因为飞机一减速，机尾就会先落到地面。

为这二十分钟，飞行员收了我八百美元。一开始我还很不愿意，但看到他当时狼狈的样子，还有飞机里面糟糕的状况时，我反而庆幸起来，觉得他要价并不算高。

我是退伍以后开始学习飞机驾驶的。

1962 年 5 月，我从陆军退伍。本来我的军旅生涯即将因为和古巴的战争而延长，还好后来战争并没有发生。我并不喜欢当兵，不过我在当兵期间爱上了飞行。入伍之前，我只坐过一次飞机，是九岁半那年乘飞机从菲律宾回国。入伍之后，我乘火车去科罗拉多州接受基础训练，没能坐飞机。后来我去俄克拉何马州的希尔堡和得克萨斯州的布里斯堡参加了小型固定翼飞机的演习，从那时起我就想学开飞机。本来在部队是可以学的，我还参加了直升机学校入学的体能测试和笔试，但是我对军队的厌恶导致我一直等到退伍之后才真正开始学习。

退伍后，我在加利福尼亚州"中国湖"海军武器测试中心从事航空航天领域的工作。刚入职不到一周，我就在附近的机场报名学习飞机驾驶。

一开始我驾驶的是前后共两座的艾容卡冠军号机型。教练名叫乔伊，我驾驶的时候他坐在后面。我永远也忘不了飞机轮第一次脱离跑道，机身偏向一侧时的那种感觉。那是一种不可思议的自由的感觉，好像我不再被地球引力束缚。从那一刻开始，我知道自己命中注定要把飞行作为此生挚爱。

我坚持学习航空课程，还独自驾驶艾容卡冠军号飞机。

能够自由驾驶之后，我意识到学习飞机驾驶是非常昂贵的，于是我做了一个非常愚蠢的决定，这让我此后一直处于深深的悔恨之中。我觉得自己在部队已经浪费了太多时间，人生已经落后太多（当时的观点），如果想要养家糊口，想要走上航空工程师的职业道路，那么我就不能花更多的时间和金钱来考取飞机驾驶执照，所以我选择了放弃。现在我有了更多的时间，有了一定的经济实力，本可以重拾梦想，但是我的心脏出了点问题，以现在的健康状况是不可能获得飞机驾驶执照的。

不管怎样，我学过开飞机，也有过独自驾驶飞机的经历，其间的感受伴我一生，也为后来我讲述布莱恩的故事提供了素材。

2

驼鹿袭击

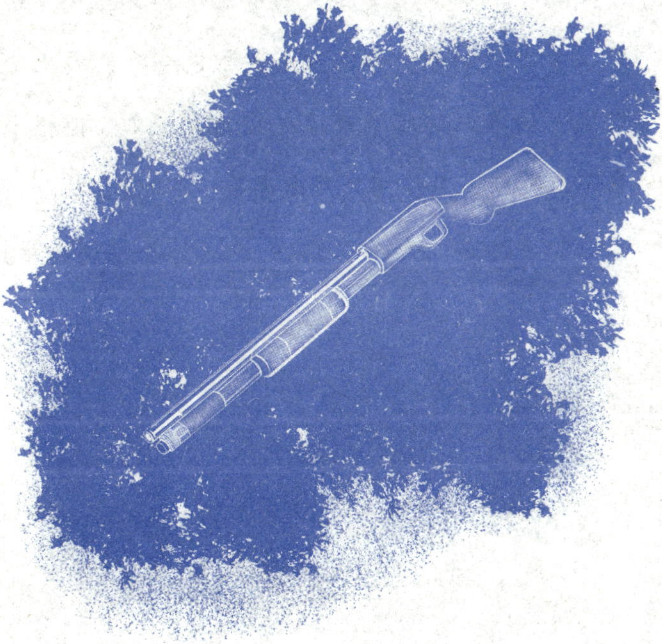

……他看到一个超大的身影从树林里冲了过来，直冲他而来。那家伙一身棕色皮毛，看上去就像一堵墙，跑起来则像失控的大卡车。他根本来不及判断，只依稀分辨出那是一头驼鹿。

——《手斧》

我曾经在荒野丛林里度过了很长一段时间，其中大部分时间是在明尼苏达州北部，还有段时间是在加拿大和阿拉斯加。我打猎、设套、捕鱼，接触过几乎所有的野生动物。我被熊追过，被美洲狮跟踪过，被各种蛇咬过，被野猪刺过，被狐狸挠过，还被一只好斗的乌鸦啄过，但是没有哪种动物的攻击会像驼鹿那样疯狂。

我十二岁那年在明尼苏达州北部第一次见识了驼鹿攻击人类的疯狂场面。那时候，我刚刚开始用步枪打猎。那时还没有出现当今常用的现代狩猎武器，而且我的经济状况也不是太好。我白天在保龄球馆打工，专门负责摆放球瓶，晚上还去酒吧卖报纸，夏天到农场干农活（挖一英亩[①]甜菜根能挣十一美元，收一蒲式耳[②]的土豆赚五美分），这样才能攒够买衣服和文具的钱。根本没钱再置办什么炫酷的武器。后来我省吃俭用很长时间，好不容易攒够了钱，买了一支点22口径单发步枪。这是一种拉栓式步枪，在枪栓的后面有个保险旋钮，每次射击时都必须先拉动枪栓上膛，射击完再拉动枪栓退出弹壳。之后，再手动往弹仓里压上一枚新弹，关上枪栓发射。每次开枪都是一个漫长的过程，这就迫使枪手高度重视自己的第一次射击：射击前必须确保子弹安装准确，同时也要求枪手格外小心，保证射击准确无误，以免白费功夫。有段时间，我把这支小步枪用得非常娴熟，隔三岔五就能打到兔子和松鸡，带回家清理之后做成餐桌上的美味佳肴。

和今天一样，自然保护区管理员对于执行狩猎法规有很大的自由裁量权。如果遇到贫困家庭或者其他特殊情况，管理员有时会对轻度违规者网开一面。虽然秋冬季才是法

① 1英亩约合0.4公顷。

② 美制1蒲式耳约合35.2升。

定的狩猎季节，但是我父母长期酗酒，家里冰箱时常空空如也，我为了填饱肚子不得不在春天去打猎。当那些管理员看到一个衣衫褴褛的男孩从树林里跑出来，腰间还挂着一只松鸡或兔子的时候，都睁一只眼闭一只眼，这让我常对他们心怀感激。

还没买步枪的时候，我使用的打猎工具是一个弹弓。遇到驼鹿那次是在我刚买步枪没多久，只用过几回。那是早春时节，在离美加边境不远的明尼苏达州北部树林里，我看到不少兔子，但是都没有开枪，因为我想打的是松鸡，我喜欢用面粉裹松鸡肉油炸着吃。松鸡整个冬天生活在冰冻的高灌木蔓越莓丛中，吃起来又脆又嫩，到了夏天它的味道就会大打折扣。

当时，树林里还有成片的积雪，我看到一堆雪里有发芽的柳枝，便仔细观察起来，因为松鸡都喜欢藏在柳枝里。这时，我听到一阵轰鸣声，像是一列火车正向我迅速驶来，要把我撞倒一样。

突然，从我身后传来一阵嘶哑而响亮的唰唰声，伴随灌木折断的声音，我转身举起步枪（在这种情况下，步枪和玩具枪的作用其实差不多，但我别无选择），看见两只冒着怒火的红眼睛朝我飞奔过来，那速度目测可达每小时六十英里。

几年前我就开始在这片树林里打猎，但却从未见过驼鹿，甚至连驼鹿留下的痕迹都没有看到过。当然，我肯定听说过，也见过驼鹿的照片。明尼苏达州的驼鹿大多被猎杀了，已经所剩无几，我一直梦想着能去加拿大捕猎驼鹿。

那头驼鹿冲我飞奔过来的一刹那，我并没有意识到这是一头巨大的公驼鹿。它前一年的鹿角已经脱落，新的鹿角还没有长出来。只见一团巨大的棕色，像死亡一样降临，发出雷鸣般的声响。我当时想到了幻影、树精、怪兽，却万万没有想到会是一头驼鹿。

我多么希望当时能镇静地举起我心爱的小步枪，娴熟地瞄准，保护自己。事实却是，我闭上了眼睛，默默等待被它击中（以后面对驼鹿时，我再也不会这样做了）。它巨大的身躯以迅雷不及掩耳之势朝我扑过来，我却半点动弹不得，什么也做不了，只能闭上眼睛束手就擒。

时间一秒一秒地过去。我睁开一只眼，看见那家伙从离我不到三英尺的地方走过，算上驼峰足有七英尺高。这要是在斗牛比赛中已经可以算是表现不错的一个回合了。当我反应过来，发现那是头驼鹿以后，我不禁后退了几步。但事实是，这头可能发了疯的驼鹿，它醉翁之意不在酒，居然对我一点儿兴趣都没有。

我身后是一棵差不多六英尺高的松树，看起来和其他小松树一样可爱、挺拔，就像一棵小圣诞树。但在那头公驼鹿的心目中，也许这棵树做了什么侮辱它的事，妨碍或者辱骂了它，以至于它一定要把这棵树置于死地。

这时，我退到了柳树前，举起步枪重新瞄准。这只是以防万一，并不能阻止这头驼鹿。然而，它根本不关心我，只顾一个劲地对着那棵树又蹬又撞，直到树倒下。这还没完，它用前蹄将那棵树踩成了好几段（后来，一头雌性驼鹿试图以同样的方式对待我），然后把它们碾成碎片。它哼了一声，在自己的杰作上撒了泡尿后，走进树林深处。我一个人待在原地，气喘吁吁（此前我一直屏住呼吸），对那棵树产生了一种莫名的怜悯之心。

后来我偶然在书上看到，驼鹿可能在吃水生生物时

（它们喜欢吃睡莲的根）感染一种寄生虫，这种寄生虫进入大脑会导致宿主发疯。不知这种说法是真是假，不过一年以后，我又经历了一次驼鹿发疯的状况。那是一个夏天，我在一个农场帮工。事发的时候，我和农场主开着一辆1938年产的福特卡车行驶在路上。半路上农场主把车停下，卷了根达勒姆公牛香烟。

我们刚从田野旁的树林里穿过，来到一片田野，农场主要我下车去捡石头。在所有的农活中，我最讨厌的就是捡石头。每年春天，经历霜冻之后埋在土里的石头都会冒出地面，必须用手将它们收集起来扔到拖拉机后面的拖斗里，然后再堆在篱笆一角。我厌恶干这活儿，但他每天付给我五美元工资，再加上食宿，这对我来说算是巨额报酬了，所以我干得倒也很起劲。

通往田野的是一条小路，是以前伐木留下的，穿过茂密的小白杨树林。这时，农场主刚卷好烟，正用手指捏着一根火柴点烟。一头公驼鹿突然从树林里出来，径直冲到了我们面前。一开始，它的目光看向别处，后来移到我们身上，驼峰上所有毛发都竖了起来（我后来一看到这个信号就会感到害怕），然后，它直奔卡车猛冲过去。

“到底是……”

我不确定农场主接下来想说什么，因为他根本没有时间把这句话说完。卡车被向后猛推，驼鹿也向后退了几步。它低下头，再一次撞到卡车上，接着又是一次，直到我们被往后推了三十多英尺为止。卡车的保险杠凹进去，挤压冷凝器，导致冷凝器破裂，里面流出的水冒出一团蒸汽。农场主骂了些脏话，都是我入伍后才听过的。后来驼鹿哼了一声就走开了，我们不得不走四英里回到农场，又开了一辆拖拉机去把卡车拖回去。光是维修就花了好几周时间。

驼鹿们的内心似乎都流淌着一条愤怒汇成的河，它没有任何逻辑可言，或者说至少没有我能看懂的逻辑。

但也有些时候，驼鹿本可轻而易举地置我于死地，却又没这样做，它会停止袭击，转身离开，就好像突然间大发慈悲一样。

有一年夏天，我划着独木舟，拿着轻质钓鱼竿沿湖边钓鱼。我绕过湖里的弯道，看到一头驼鹿把头扎进了水里。那画面特别滑稽，我不由得笑了起来。驼鹿经常在睡莲根茎周围嗅来嗅去，头顶上挂着树叶和根茎，脸上流着泥水，那样子别提多傻了，好像是故意来搞笑的。

我看到那头驼鹿之后，划了一下桨。就在我忍俊不禁的时候，独木舟漂到了它附近，距离它不到四英尺。它抬起头，水和泥浆顺着脸颊流下来。我还没来得及收起笑容，它就抬起了一只巨大的前蹄，踩在独木舟的舷壁上，使劲向下蹬。

独木舟瞬间完成了一组完美的翻滚动作。我前一秒还好好地坐在舟里，下一秒就连同我所有的装备落入水中，手里还握着鱼竿，眼睛瞪得老大。我在水里模模糊糊看到那头驼鹿的腿就在面前。我转过身，扑腾着往前游，好不容易游出去几英尺。我以为它会继续发动进攻，把我逼入湖底的泥沼里。但出乎意料的是，它并没有这么做，而是自个儿玩起了独木舟。独木舟里进了些水，船身侧立在水面上。驼鹿仔细研究了一番，伸出它巨大的鹿蹄，拍打独木舟的一侧，让它旋转起来，如此重复了三次。

驼鹿看着独木舟旋转，最终停下来，倒扣在水面上，像一根绿色的圆木。驼鹿这才看够了，转身离开。我依旧呆立在那四英尺深的泥水之中，等驼鹿离开去吃睡莲根后，我才敢寻找落在水里的渔具箱、冷藏箱和船桨。这真是个彻头彻尾的玩笑。

直到后来第一次去阿拉斯加参加艾迪塔罗德狗拉雪橇比赛培训时，我才知道驼鹿袭击的后果能有多严重。

对我来说，阿拉斯加无疑是个美丽新世界。我从小在明尼苏达州北部的森林里打猎钓鱼，还在科罗拉多州的落基山脉、怀俄明州的比格霍恩斯和加拿大中南部（《手斧》中故事发生的地方）生活过。尽管如此，阿拉斯加丛林那一望无际的壮丽景象还是让我叹为观止。

让我叹为观止的还有不同的驼鹿，无论是块头还是脾气，简直千差万别。有一次，我和一位同伴带着雪橇狗们乘坐一辆旧卡车从明尼苏达出发北上。我们在阿拉斯加高速公路上行驶了整整八天，抵达特拉普克里克贸易站以北的一个地方，又开到附近的树林里安营扎寨。那是十二月份一个漆黑寒冷的夜晚，离比赛正式开始还有三个月。

我找了一辆废旧的汽车过夜。当天晚上我梦里的情节就像是杰克·伦敦所写，罗伯特·塞伯特编剧一样：风雪弥漫，天气冷得能把人的眼珠冻掉，到处都是矿工、猎人，还有狗，其中一只狗名叫白牙[1]（所有这些我后来真的都经历了，除了没有碰到那只叫白牙的狗）。我正做着梦，一阵尖叫声把我惊醒。那充满恐惧和痛苦的声音我永远也不会忘记。我穿着内衣，戴着头灯，赤脚跑了出去（一整天外面几乎都是漆黑的，只有下午大约一个半小时天上透出些微光）。我睡眼惺忪地站在四英尺厚的雪中，头灯发出的光来回扫射着。

我只知道那尖叫声非常恐怖，是我的一只狗发出的。小狗们都拴在几棵云杉树上，风呼呼地吹着，起初我只看到它们颤抖的四肢和空中飞舞的雪花。然后又传来一阵尖叫声，伴随着低吼声、咆哮声和牙齿碰撞的声音。我光脚在雪地里穿行，却丝毫没有意识到寒冷，这导致接下来几天我的脚都疼痛难忍。后来，我逐渐能看清楚树林了，还看到一头大概四五百磅重的母驼鹿，正想对我的狗下手。

我当时一定是疯了，在没有武器的情况下，抓起用来

① 杰克·伦敦的小说《白牙》中狼狗的名字。——译者注

切冷冻肉的小斧头，向驼鹿猛冲过去，一边冲一边尖叫大骂，那声音比狗发出的声音还要大。我像疯子一样扭动身体，来回挥动斧头。我觉得一定是这声音把那头驼鹿吓蒙了。不管出于什么原因，最终它转过身来，好像要攻击我，但它踩到了另一只狗，然后消失在夜色中。

起初我以为小狗们两死两伤，我尽一切可能对它们进行急救。我先以最快的速度穿好衣服，然后想方设法把几只受害的狗带到高速公路上，再用公路上的公用电话联系兽医。

实际上，小狗们都还活着，一只狗的腿断了，还有一只狗的肋骨断了，它俩都和当季的比赛擦肩而过。

这次被偷袭之后，我就借了一支步枪。

尽管我多次受到驼鹿攻击，也多次身处险境，但幸运的是，我的小狗都幸免于难。我知道有选手曾在训练或比赛中因为被驼鹿攻击而失去爱犬，也有一些狗在行进中遭受袭击而受伤。实际上，在一场持续八到十个小时的训练中，通常会看到八到十头驼鹿，它们总是站在小路的一边。大多数情况下，它们只在我们经过时才站起来盯着看一会儿，但每次都会有一两头驼鹿跟着雪橇队跑起来。

跟着跑并不意味着它们就一定会进攻，但这时我会特别提防它们。由于驼鹿跑得比狗快，而且它们的腿似乎永远不会疲劳，因此它们占有绝对优势。

我还学会了通过观察驼鹿的背了解它们的状态。当它们肩膀上的毛根根竖起的时候（和狗发怒时很像），就意味着可能要发起进攻，然后就可以从它们面对的方向判断攻击目标在哪里。如果它瞄准的是雪橇队的中心，那么小狗们就得立刻散开，经过一番搏斗，我们通常都可以逃脱，不会受到太大的伤害。如果它瞄准的是头犬，我就会对小狗们大吼一声，示意它们掉头，沿着小路往回走，然后再跑开。这一般会耗费一些时间，而且小狗可能会在过程中受伤。

很多时候驼鹿甚至不去看狗，但会一边摇头一边盯着雪橇，眼睛通红。这时，我会大叫着把狗赶走，然后抓起绑在雪橇上的斧头，伺机逃走或者砍出一条生路。

逃跑也是非常有趣的经历，多数时候都很恐怖，我自己还受过几次伤。写《手斧》里布莱恩遇到驼鹿攻击的情节时，我想到的是最惨烈的一次经历——那是在黑暗之中的一次猝不及防的袭击。

我一直想在书里用上这个句子：那是一个暴风雪肆虐的漆黑夜晚。我认为，在世界其他任何地方，黑暗都意味着夜晚，但是在阿拉斯加暴风雪中的丛林里，黑暗给我的感觉就像是被困在了一头牛的肚子里。

黑暗里，伸手不见五指。我戴上了头灯，带着备用电池，但我发现狗（和猫一样）在黑暗中可以看得很清楚。光线反而会形成奇怪的阴影，让它们被绊倒。我们在黑暗中行进了大概四十英里，来到一片特别茂密的云杉树林。我一直听到雪橇发出咔嗒咔嗒的声响，那是我带的一个装满热茶的膳魔师牌金属保温杯，不知撞上什么，发出让人毛骨悚然的声音。于是，我从雪橇后面往前倾下身子，去调整热水瓶的位置。

就在那一刻，站在云杉树林里的一头雌性驼鹿在黑暗中把我从雪橇上横扫下来。之前没有任何征兆，我压根儿不知道它在那儿。我的狗也没有看到它或闻到它的气味，就算有，也没有表现出来。

我突然就倒在雪地上，平躺着，感觉有个巨大的东西踩在我身上。毫无疑问，它试图踩死我。我在行进中曾经遭受过很多次攻击，但是这一次它想要我的命。

很快，我就意识到这是一头驼鹿。我用上了从其他选手身上学到的办法，将身体蜷缩成一个球，用手臂遮住头，只露出自己的背。

它使出浑身解数踢我踩我，我并没有计算它踢踩的次数，但肯定有很多次。中间它停了一会儿，我瞄了它一眼，它站在雪地里凝视着我，注意听我还有没有呼吸。最后，我实在没能屏住呼吸，它听到我的喘息后又继续对我发起攻击。

我不知道它折磨我了多久，可能是好几个小时，也许是好几天。我尽可能躺着不动，试图掩盖我的气息，但它几次走了又回来，直到连我都以为自己死了它才罢休。后来，我以为它走了，试探性地动了一下，谁知它又跳了起来。最终，我觉得它确信我已经死了，才真正离开，走进了树林里。

我不停地吐血，后来发现自己的肋骨骨折，有两颗臼齿断裂。

其实，遭遇攻击时我是有枪的，还有几次也是这样，但这次我的枪放在雪橇上，没在手边。那是一把点 44 口径大威力手枪，是我从朋友那儿借的。小狗们沿着小路向前跑了大概一百码，停下来，在一棵大树旁乱成一团。我当时虽然已经奄奄一息，但仍然不惜排除万难爬到雪橇前，找到那把枪，想回头去找那头鹿报仇。

我知道驼鹿只是畜生，我们人类应该比它们高级（尽管我觉得我们并没有高级多少），这些我都明白。我还明白，我们应该用智慧和逻辑做出理性的判断。但说实话，如果现在我坐在电脑前，有人跑来告诉我在七八百英里外发现了那头踩我的驼鹿，我还是会抓起一把步枪去报仇。

我和那头驼鹿之间的仇恨就像布莱恩和攻击他的那头驼鹿间的仇恨一样——不共戴天。

3

致命伤害

简直难以置信，飞机坠落都没要了他的命，可现在他居然对付不了小小的虫子！他使劲咳嗽，想把它们从嘴巴里清除出去，然后用力拍，用力打，紧闭双眼，双手不停在脸上扫来扫去，不知多少蚊子因此没了命。

——《手斧》

此时，我正在太平洋中的一艘帆船上。太平洋壮阔、美丽、充满挑战又蕴藏神秘，有时还有生命危险。丛林也是如此，我在那里打猎、扎营、捕鱼，在那里经历成长、收获新知，但也在那里遭遇危险，随时可能丧命。经常有人死在丛林里，我亲眼见过他们的尸体，知道他们遭受过的伤害。

不知从什么时候起，我们习惯于用道听途说代替常识和真相，人们似乎更渴望事情的戏剧性而非真实性。

多数人都听说过野熊会攻击人类，还可能听说过驼鹿和野狼也有攻击性（我相信有些传言是真的，确实有人看到过野狼吃人)。其实,在北美洲,白尾鹿和麋鹿杀人比其他任何动物都多。人们不仅仅被鹿撞倒受伤,更可能因为它们而丧命。其中,大多数人是因遇到鹿发生车祸而身亡,但也有相当数量的人是遭到了鹿的直接攻击,尤其是在公园那种地方,鹿对人习以为常,甚至向人索要食物,人就更容易被攻击。很多年前,我在一个国家公园目睹了一个不到四岁的小男孩被一只雄性白尾鹿攻击致死。

那个国家公园里的动物并不是被关在笼子里供人观赏喂食的,半驯化的鹿会在游客周围闲逛,吃游客给的糖果。那是初夏的一天,一头刚长出一个分叉鹿茸的小雄鹿紧跟着一个男孩和他妈妈。男孩嘴里吃着白色的小颗粒薄荷糖,他拿出一颗给鹿。鹿很温顺地接过薄荷糖,很奇怪的是,它居然好像很喜欢这味道。那时候我也还年轻,大概十四岁的样子,但已经开始打猎,也捕猎过鹿。当时我觉得那头鹿非常可爱,不是那种可以捕猎的野鹿,当然也不会攻击别人。所以当它嫌男孩拿薄荷糖的动作太慢,气急败坏地跺脚的时候,我没有意识到它是在发出警告。

鹿吃了四五颗薄荷糖以后,男孩的妈妈拿着相机,后退了几步，想要取景。

“把糖盒拿远点，”她告诉儿子，“让我拍一张它来够薄荷糖的照片……”

男孩又从糖盒里拿出一颗薄荷糖去逗那头鹿。鹿伸长脖子去够，这时，孩子把手收了回来。鹿抬起前蹄，以迅雷不及掩耳之势猛踢出去。我见过的唯一能与之相提并论的就是响尾蛇袭击了，那速度快到让我都没有看到过程。只见原本站在那儿的男孩倒在了地上，被鹿踢中的胸口和肚子变成鲜红色，周围几十个人根本来不及反应。鹿蹄的攻击居然如此致命，像刀刃一样危险，我现在回想起来依然觉得难以置信。鹿蹄的前端尖锐得就像一把利剑，刺中男孩身体又立刻拔出，人们还没反应过来，小男孩就已经咽了气。

现在我还能清楚地记起这一切，记起当时的每一幅画面。那位妈妈拿着相机的手悬在半空，嘴巴张着，惊恐万状。周围的游客中，一位男士拿着爆米花刚送到嘴边，另一位正在点烟，火柴头还在燃烧。所有人的目光都聚焦在那头鹿身上，它的前蹄和前腿沾满血，而它还在愤怒地跺脚。那个可怜的男孩，小小的身躯静静地躺在石子路上，离他不远处就竖着一块牌子，上面写着“请勿给小鹿喂食”。

蚊子也是致命的。

《手斧》里讲述了布莱恩是怎么和蚊子做斗争的，有很多读者来信，问我实际情况是不是真的那么可怕。

在地球上所有的物种里，蚊子对人类来说绝对是最为致命的一种。每年有数千人死于各类疟疾或登革热，甚至有种族因为这两种疾病而灭绝，而这两种疾病都是通过蚊子叮咬传播的。

要知道，世界上只有一半的蚊子咬人（雌蚊子才会吸人血），由此可以想象蚊子的总数有多么庞大。一只雌蚊子如果叮了患有疟疾或登革热的病人后再去叮其他人，就会让好几个人感染甚至丧命，而且致死率还在以惊人的速度逐年递增。考虑到人类只有通过最严厉的手段才能控制这些杀手（事实上永远也无法完全控制），就不难理解布莱恩当时所处的困境了。

当然，布莱恩生活在北方，那里没有疟疾，那里的蚊子往往不会传播疾病，但是蚊虫叮咬传染疾病的风险依然存在。而且，北方蚊子的数量比热带地区多。我有一个推论：因为北方的夏天时间短，所以北方的蚊子尤其恶毒。北方的冬天来得早，它们猎食和产卵的时间少，因此必须非常高效，这样才有足够的时间繁衍下去。

关于北方蚊子的恶毒，民间流传着很多故事。我曾经听说兔子、浣熊，甚至野狼和幼鹿这样的动物因蚊虫叮咬，失血过多而死。虽然不是亲眼所见，但是我相信这是真的。我曾经见过驼马身上趴满了蚊子，根本看不到马毛；我还曾目睹成群的蚊子让小鹿暂时失明；还有一年夏天，我看到一只奄奄一息的兔子，躺在地上，耳朵里满是蚊子。我所遭遇的蚊子的攻击，比《手斧》中布莱恩遭遇的还恶劣得多。

在我们明尼苏达州家里的雪橇狗窝里发生过一次意外。那是一个夏天的夜晚，我听到小狗们在叫。它们遭到熊的袭击，一只狗已经死了。我拿上步枪、头灯还有电池，只穿着内衣就跑到狗窝前。一开始，我并没有看到熊，但好像听到了声音，所以我不假思索就往狗窝里钻。

小狗们每两周抹一次驱虫剂，所以蚊子不会叮它们，但是昆虫会被狗呼出的二氧化碳气体所吸引。没过几秒钟，我就发现自己犯下了愚蠢的错误。在炎热夏夜的北方树林里，我只穿着内衣站在几十只狗的中间；更惨的是，我还戴着一个明晃晃的头灯。

我肯定把整个县里的蚊子都吸引过来了。那一大群蚊子把我包围，钻进我的鼻孔和眼睛，趁我呼吸的时候飞进我的嘴里。它们让我看不见，也呼吸不了。最糟糕的是，它们像八九千只饥饿的吸血鬼一样扎进我的身体。我不知道被吸走多少血，我只记得自己当时像疯了一样冲出去两百码，穿过黑暗的树林，奔回屋子里。这时，我的身上没有一块地方没被蚊子咬过。整整一周，我身上都奇痒难忍。

布莱恩也有同样的遭遇，每天晚上都是如此，直到他发现阴燃着的火冒出的烟可以驱赶蚊子。如果布莱恩只是碰上蚊子，那就已经够倒霉的了。问题是，熊、鹿和蚊子的攻击他全都遇上了，这是大多数人难以应对的。

其实我对布莱恩已经非常仁慈了，他不需要面对会咬人还会吸血的蚊蚋、既叮人又咬肉的牛虻、吃人肉的鹿虻、吸人血的森林蜱，以及蠓、蚋、跳蚤、蚂蚁、蜘蛛、蜈蚣、蜜蜂、马蜂（过敏的人被蜇会丧命）。如果所有这些虫子同时袭击你，你感染疾病的概率就会大大增加……

在丛林里生存下来几乎是不可能的。

还有一次，在夏天快结束的时候，我和一个同伴划船到明尼苏达州北部的一条河流下游，花了六天时间布置秋冬季狩猎的陷阱。那里的阳光特别毒辣，热的地方就容易滋生鹿蝇这样的虫子。

我们抹了不少驱蚊剂（我本以为够了），但是虫子越来越多，毫无顾忌地蜇咬，驱虫剂似乎毫无作用。我抬头发现，虫子已经密密麻麻地挡住了视线，连坐在对面大概十四五英尺的同伴都看不见了。它们飞来蜇我的眼睛，蜇完我又去蜇我的同伴。我隐隐约约看到同伴挥舞着一根船桨，好像在拍虫子，一边拍嘴里还一边骂着。我也学他的样子，可没想到刚一动，船就失去平衡，翻了。最失策的是，我们没有把装备固定在船上，所以船一翻，装备也都落到了水里。

我伸手够我的包，这并不困难，因为我在船尾，包就在我跟前。在船头的同伴就没这么幸运了，他的包里装有罐头食品，沉入了河底，我们没有找到。我的点 22 口径单发步枪、炊具箱，还有我们的弹药筒统统没有找到。我们在岸边搭起了简易帐篷，然后又潜入浑浊的河水里试图继续寻找那些装备，但是水流湍急，我们无功而返。除了我包里的火柴和一些土豆，我们所有的装备都丢了。接下来的五天里，我们用上了很多《手斧》里布莱恩所学到的技巧，比如用木棍叉鱼，用柳枝做弓箭射松鸡……我不禁感叹，看似一件微不足道的小事，如果是发生在野外，可能立刻会演变为威胁生命的灾难。

有段时间，我用前膛枪特别多，还参加了全国各地的多场射击比赛和射击活动。我从来不像其他人一样参加一些场景再现的活动。他们披上鹿皮，凭借想象，假装自己在像传统的山民那样生活。其实，我开始写“塔科特冒险”系列的时候对那个时代做过研究。我原本以为，所有特立独行的人群中，山民是最激进的。他们骑着马，背着枪，就这样去创造神话。吉姆·柏瑞哲、基特·卡森就是这种创造神话的传奇人物。

然而，我的研究结果却不是这样。有不少人以为他们钻进大山就可以靠猎卖兽皮一夜暴富，可事实上，大多数人坚持不到一年就送了命。头号杀手并不是人们常常提到的熊，也不是印第安人，更不是美洲狮。其实，大多数人是死于营养不良，更确切地说是营养不良导致的痢疾。有研究显示，大概百分之八十的所谓山民在野外第一年就死了，是因为吃的东西不对，或者太单一。他们不知道，除了肉他们还必须吃其他东西。

我逐渐明白（有时候是付出一定代价之后才明白），似乎野外所有的东西都想联合起来以这样或那样的方式害你，这甚至会引起一些荒唐事。我知道，有人去野外钓鱼，对毒藤过敏，没来得及到湖对岸的小镇看医生，就死在了渔船上。

面对危险，我和布莱恩一样，很快通过自己掌握的知识找到了解决办法。知识可以从书本上、从别人身上、从个人经历中、从任何地方获得。不管是从哪里获得的知识，它会成为你的一部分，身处险境时它就会派上用场。

4

为生存而捕猎

他花了一整个晚上仔仔细细打磨树枝，最后，做出的弓总算有模有样了。接着，他又花了两天时间做箭。他选了比较直的柳条，把皮削掉，两头放在火上烤，这样会更硬，有几支还做出了两叉形的尖，乍一看，就像他那把长矛。

——《手斧》

我还记得第一次用步枪打猎的情景。我买了一支雷明顿公司生产的点 22 口径单发步枪，枪栓后面有一个保险旋钮。这支步枪的子弹每盒要十八美分，是那种“联邦”牌裸铅弹，几年后才有了包铜的子弹。我去尼尔森超市买了些子弹，然后骑着我的海亚瓦萨自行车，来到城外大概七英里远的地方。那儿有大片的沼泽地，还有一排排的杨树。当时是秋天，成群的野鸭和大雁已经开始南飞。我知道杨树林里肯定有松鸡，想去碰碰运气，没准儿能打到几只。我一边蹬着自行车，一边往路边的田野看。虽然天气晴朗，但是前一天刚下过大雨，田野里还有很多浅浅的水塘。这时，我看到田里有几只鸭子，于是我停下来，把车倒放在路边的田沟里，从兜里拿了一颗子弹装进枪膛，确认步枪处于保险状态，便蹑手蹑脚地沿着田沟往前走，到鸭子对面的地方停了下来。我探出头瞄了一眼，又缩回田沟里。离我大概三十码的地方有四只野鸭，左边三只，右边一只。其中三只是母鸭，毛色是单一的浅色，另一只是公鸭，距母鸭不过三英尺的距离。我打开步枪的保险，又悄悄地趴在田沟边缘，把枪抵在肩膀上，枪管从前面矮矮的草丛中伸了出去。我把枪的准星和后部凹槽状的照门对齐，然后瞄准公鸭的身子，扣动了扳机。我都没听到枪声，就见水面溅起很大的水花，还听见一两秒短暂的扑通声。三只母鸭被枪声吓得飞走了，留下的那只公鸭在原地一动不动，死了。我穿过水田，一把拎起那只公鸭，带回家，拔了毛，放进烤箱，当晚就吃了一大半。

当然，用步枪打鸭子，还是趁它蹲着的时候，这样确实不妥，既不合规，也没趣味。我后来又打过很多次鸭子，用的是一把单筒 12 号霰弹枪，等它们飞起来的时候才开枪。我记得很多次都是这样打中鸭子的，但都和第一次完全不同。我清楚地记得那次打猎的所有细节——树叶的颜色，空气的冷暖，水面被微风拂起的涟漪……我描述这些细节，并不是因为这跟《手斧》中布莱恩的生活有多大关系（毕竟他没有用步枪，即使在发现枪后也依然没有使用），而是为了说明我像布莱恩那么年轻的时候，打猎对我来说是多么重要。

打猎真的成了我生活的全部。大多数时候我是独自一人，也有些时候和其他男孩一起，但他们当中很少有人像我这么热爱打猎。可以说，我就是为打猎和钓鱼而生的，只要能打猎钓鱼，我就别无所求。

那时我住在明尼苏达州的一个小镇上，靠近一片绵延数英里、人迹罕至的灌木林。不知从什么时候开始，打猎和钓鱼逐渐成了我生活中的唯一乐趣。我每天放学，完成卖报纸的工作后，就到镇子附近的树林去打猎。星期五晚上，我还要去给保龄球联赛摆放球瓶，到十一点才收工。有时收工后，我会骑自行车去镇子外面，在河边（这条河从荒野中流出，穿过镇子）安营扎寨，这样周末就可以早早地起来去打猎钓鱼了。

荒野对我总是有一种神奇的吸引力，现在也依然如此。起初，它会让我感到困惑，后来则令我惊叹。我从来没有想过那条穿越镇子的小河会流向哪里，可能会再流经其他城镇，然后汇入密西西比河吧。那时我真的觉得它流向何方不重要，重要的是源头。我只在乎它的源头，只想看到，也只想知道它源自哪里，究竟是源自北方，源自丛林，还是源自荒野的某处。

我经常用步枪和霰弹枪打猎，也经常设陷阱，并以此谋生。有人说这样做是不对的，也许他们说得没错，但对我们这种依靠丛林生活的人来说，诱捕是一种谋生方式。如果把捕获的白靴兔（因为这种兔子的脚特别大，像穿了雪地靴一样，可以在雪地上奔跑，所以叫白靴兔）拿去卖，每只可以卖到十美分。这听起来好像微不足道，但如果布下烟囱式的陷阱，一天可以捉到二十只兔子（丛林里有成千上万只兔子）。这样一天就能赚到两美元，相当于我夏天在农场干活的报酬（工厂工人的报酬一天才八美元）。每天两美元可以派上大用场，积攒下来的钱可以用来买校服和食物。这段经历虽然和布莱恩没有直接关联，却为我讲述他的经历打下了基础。从诱捕和狩猎中，我学到了观察事物的方法：如何在野外寻找直线，如何在本该是直线的地方找到那条反常的曲线，如何觉察平静表象下的动静。这些技能对于布莱恩来说都非常有用，甚至成了他的救命法宝。

我很快就对枪支失去了兴趣，不过打猎的时候还是会用，毕竟肉是餐桌上必不可少的食物，而枪支是用来获得肉类的有效工具。但在林中用枪时，发出的枪声极其糟糕。上一秒丛林里还是一片寂静，只有鸟鸣声、树叶的沙沙声、风吹过松树发出的呼呼声，下一秒就是比雷声更响的爆炸声。不同于丛林里任何事物发出的声音，这声音刺耳、尖锐、响亮，等于在向方圆一英里范围内的所有生物发出“我来也”的警告。

即使是使用点 22 口径步枪也还是糟透了，尽管它的枪声比起霰弹猎枪和大口径高速步枪已经算很小了。我不喜欢开枪对环境带来的破坏，枪声一响，所有声音和动静都凝固了，好像那枪声杀死了整个丛林，让它很长一段时间都不会复原。如果你打的是兔子这样的小动物，还需要频频射击，那么整个丛林都没有时间重回正常状态。所以，如果你用枪打猎，或许会满载而归，但你永远不知道丛林到底是什么样的，动物们是怎么活动的，为什么它们会有那样的表现，或者它们什么时候会有那样的表现，这些都因为枪击声的影响而无法得知。

用弓箭打猎就很安静，或者近乎无声，只有弓弦发出的轻微声音，丛林还是保持了原有的沉寂。我在狩猎生涯早期还是更愿意用弓箭，而不愿意用步枪。早在和箭术相关的所有现代技术问世之前，我就已经开始使用弓箭。在这一点上，布莱恩非常幸运。当时，用玻璃纤维片和硬木片等现代材料制成的层压弓才刚刚面世，复合型弓在二十五年之后才发明出来。我入手的第一张所谓现代弓是四十磅拉力的“小熊”弓箭。虽然用更小拉力的弓也可以捕猎到鹿，但明尼苏达州规定，猎杀大型猎物所使用弓箭的拉力不得小于四十磅。而且人们普遍认为，箭头的锋利程度比弓的拉力更重要。

我刚开始用弓箭打猎的时候，连张弓都买不起。就连小熊弓箭也要三十多美元，大概是一个成人整整一周的薪资。当时我在保龄球馆摆放球瓶，摆放一排得七美分，我负责两个保龄球道，一小时可以摆放四排，那就可以挣二十八美分。要买弓箭，我至少得工作一百多个小时，挣的钱还得全攒着，不能买衣服、食物或者学习用品。

因此，我自己动手做了人生中第一张真正的狩猎用弓。布莱恩受当时的条件限制，用的是原始方法。我的条件就好多了，隔壁的木工用品店里有各种工具可以供我使用，但是我做出来的成品和布莱恩做的并没有相差太远。当时有一位著名的弓箭手叫霍华德·希尔，他能用弓箭射中空中的硬币，还能瞄准一个目标连续射中两支箭，第二支正好劈开第一支……他做的很多事情不乏炫技的成分，但他确实引导很多年轻人走上了射箭的道路。他还出版了关于制作弓箭的小册子，让更多人知道射箭这项运动。

希尔大力推荐从柠檬树取材，因为柠檬木的韧性最好，不会像其他木头那样拉弯之后无法立刻复原，仍然保持弯曲状态。所以，我花了两美元从木料场买了一根柠檬木棍，横截面大概有一点五平方英寸，纹路笔直，没有树疤。我根据希尔小册子上的说明，用一个小手工刨和啤酒瓶碎片修整木料的形状，用砂纸把原本粗糙的表面磨平。我又找来一把网球拍，撕下包裹把手的皮革，用它来包弓的把手。然后，我用一把细长的锉刀在弓的两端磨出凹槽，用来扣弦，再将一根预先拉伸过的尼龙钓鱼线缠绕在上面做弓弦。第一次拉弓的时候，这弓有些不平衡，一边的弓臂比另一边弯曲度大。我照着希尔教的那样将弦松开，把弯曲度小的那侧刨了刨，然后上弦，再松弦，这样重复了几次，直到两边的弓臂达到平衡。我没有精确测试过，但是粗略估算，这张弓的拉距约为二十六英寸，拉力在三十五磅到四十磅之间。这对于一个十三岁的少年来说算是强弓了，布莱恩则称之为战弓。

做箭的过程中碰到的问题更多。我尝试用松木销子做箭杆，但是效果不好。后来我花了两块多钱，买了一个便宜的小金属片夹具，这样就可以一次性贴上三根羽毛，还能贴得直直的。羽毛是从小镇郊区的一家屠宰场弄到的，那里经常杀鸡，偶尔也会杀火鸡。有一天，我正好碰到杀火鸡，便从火鸡的右翅上拔了些羽毛（又是跟希尔学的），一共拔了几百根。箭羽必须使用同一边翅膀上的羽毛，因为左右两边羽毛的弯曲方向不一样。

当然，羽毛并不是拿来就能直接用的。每根羽毛都有宽边和窄边，宽边要保留下来。把羽毛夹在两片木头之间，用刀片把窄边削掉，然后将筒形羽轴磨平，这样它就可以服服帖帖地粘在木杆上了。

接下来，用细长的小锉子把箭杆的一端锉出箭尾槽，用来卡在弦上（我是弄坏了几根箭杆之后才知道的）；再在箭尾槽上抹点胶水，这样做会使箭更结实，从而更能承受弓弦振动产生的冲击。

起初，制作箭头也是个难题。我像原始人那样把木头削尖，然后用火烤硬。但如果没有单独的箭头，箭一旦射到坚硬的泥土或者石头，很容易断裂。我买不起专门的箭头，只能用点金属来加固箭杆。不过，很快我发现自己太纠结于“尖头”了，箭头不一定非得是尖的。猎捕小动物的时候，尖头反而不如钝头管用。钝头射中猎物时，产生的冲击力更大。我在小镇郊外的射击场上发现，点 38 口径的特种手枪的弹壳正好能装在箭杆上，可以媲美专门的钝箭头。射击场有不少空弹壳，所以我能很快搜集到许多，够我用好几年的。弓箭做好不久，我就开始去丛林里猎捕小动物了。

我很快就发现，用自制弓箭打猎会遭遇强烈的挫败感——即使瞄准了、握稳了，射出去的箭也依然可能完全偏离目标。原因多种多样，可能是因为有风，也可能是因为箭在空中碰到一根小树枝，或者单纯就是运气不好。

我第一次用自制的柠檬木弓去打猎时，带了十支钝头箭。当时是秋天，所有的树叶都变了颜色，正是丛林一年中最美的时候。在树影斑驳的林中穿行，阳光如溪水般流淌，空气是那样清冽，全无夏天的闷热。我至今仍能清晰地记得那种清爽的感觉，它让你觉得眼前的一切都是崭新的，未来是那么美好。

我沿着河边寻找猎物，身上带着一个用蜡纸包着的煎蛋三明治（那时候还没有拉链袋或保鲜膜）和一个装在纸袋子里的煮土豆，这些都塞在我军用迷彩服的口袋里。我还背着一个皮质箭袋，它是用旧皮夹克的袖子做成的，底部缝了一个鞋底。

我走了不到一英里就看到一只松鸡。那只松鸡正悠闲地卧在柳树林里，我发现它的头轻微晃动着，后来突然定住了，不然我也不会注意到它。我慢慢接近它，再近一点儿，直到离它不足十英尺。我举起弓，拔出箭，瞄准松鸡的轮廓，放箭！

箭啪的一声从弓上射出，顺着我的视线射向松鸡，然后……完美错过。就差一英寸，已经很接近了，箭头差一点儿就碰到松鸡了。箭头虽然很钝，但还是插进了松软的地面，不停颤抖着。松鸡卧在那儿一动不动，这看似不太可能，但它真的连一根羽毛都没动过。我屏住呼吸，慢慢把胳膊举过肩膀，从背后的箭袋里又抽出一支箭。慢慢地，我把这支箭的尾端搭在弦上，举起弓，用三个指头在弓弦上稳稳地把箭固定住，直到我百分百确信自己能射中后才射出。

然而，箭落在了松鸡左边不远处。松鸡依然卧在那里，像冻住了一样，一动不动。

我又抽出一支箭。上箭、拉弓、瞄准、发射。

又偏了。

我心想：嗯……这不可能啊！松鸡还卧在那里。我在松鸡眼前不停地摆弄弓箭，动辄从背后抽出一支箭，又举起弓，嗖地射出，松鸡还纹丝不动。如果你觉得这听起来像是天方夜谭的话，那么我要告诉你，松鸡经过几百万年的进化，已经会使用冻结防御法来对付猎食者，这种方法已经融入了它们的基因。后来有一次，我看到一只松鸡停在树上，离地面大约八英尺，我居然有时间用猎刀把一根长木棍切断，再把一头削尖——那只松鸡直勾勾看着我——然后，我用这支现场制作的长矛刺中它，把它带回家做成了晚餐。还有一次，我居然徒手从地上抓起了一只松鸡。

总之，眼前这只松鸡遭罪的时间比较长。

我又从背后抽出一根箭，举弓，拉弦，射出。

又偏了。

我带的十支箭都用完了，它们扎在那只松鸡周围的地上，像个笼子。我万万没有想到，只有十英尺的距离，我居然一次都没射中，真是难以置信。

那只松鸡依然一动不动。我想拿弓当棍子打它，或者找块石头砸它，反正我怎么也不会用箭射中它了，除非我走到跟前，直接拿箭刺死它。后来我决定小心翼翼地走到它前面去，拔出地上的箭，再次利用。在这之后的打猎经历中，我曾成功射中过松鸡，但这次我的运气太糟了。

我慢慢地往前挪动。

松鸡还坐在那里，稳如磐石。

五英尺，三英尺……要不是松鸡身边插满了箭，我本来可以直接扑到它身上的。当时我想先拿回插在地上的箭，于是我蹲下来，身体几乎在松鸡的正上方。我伸手去拔箭，这时，一团羽毛拍到了我脸上。

如果你听过松鸡起飞的声音，肯定终生难忘。除了冻结防御法，松鸡还进化出一种匪夷所思的起飞方式。它们的翅膀以飞快的速度不停扑打，产生一种具有震荡效果的爆炸声，听起来就像是炮弹在你身边炸响一样。

而这次爆炸就发生在我面前，我吓得差点尿裤子。我向后跌倒，几乎翻了个筋斗，而那只松鸡从我头顶飞过，消失在斑驳的树丛中。

我反省自己，肯定是哪里做错了。

那一整天我都在打猎，用箭射过七只兔子，还有另外两只松鸡，全没有射中。后来我决定好好反省自己到底是哪里做错了。我来到一块林中空地，这里有一个地鼠做的土丘，上面的土非常松软，不会伤到我的箭。现在，我只有八支箭了，另外两支掉到草丛里不见了。我在土丘上放了一片跟我手掌差不多大小的树叶当靶子，然后站在十英尺外练习射箭。

又没射中。

我试了一次又一次，把土丘上的土都打掉不少。我终于发现，如果只是盯着那片树叶瞄准的话，肯定会射偏。有时候，我会站得近一点儿，结果依然射不中。那时候还没有瞄准器，人们一般用箭尖当作瞄准的基点。所有人都是凭直觉射击，仅仅是看一下，感觉箭的走向，所以并没有一个明确的瞄准点。

肯定有更好的方法。我开始思考箭落地的精确位置，而不是大致范围。我不再泛泛地望着那片树叶，而是瞄准了树叶的正中心，想象箭射中那儿的情形。

然后我开始射箭，射中的不是树叶的正中心，至少不总是。我觉得像霍华德·希尔这样天赋异禀的人，以及那些到处表演的神箭手，他们应该总能射中中心。他们总是瞄准猎物最靠近中心的位置，而且总能百发百中。

不管怎么说，我的确射中了，虽然射中的多半是树叶的边缘，但我一次又一次射中了。如果我目光涣散，只是泛泛看着树叶，那么就会射偏，但如果我聚焦在中心，那就肯定能射中。我反复练习，直到拉弓的手指几乎磨出血才回去继续打猎。

这回跟先前有了天壤之别。我在丛林里走了不到三十码就看到一只松鸡，它没有僵住，很快就飞走了。但不知道是出于什么原因，它落在了离我大概三十英尺的树枝上。这距离看起来有点远，而且树的周围都是灌木丛。如果我前进一些，就会走到茂密的灌木丛里，无法站直了射击。所以，我直接在原地拔箭、拉弓、射箭，我发现我又瞄准了整只松鸡，而不是聚焦于一点。我深吸一口气，理清思绪，重新瞄准，这次是瞄准松鸡的正中心后才把箭射出。我满怀信心，就知道这次准能射中。

果然，钝头几乎射中了松鸡的中心位置，它从树枝上跌落，扑棱几下翅膀，就躺在地上不动了。我穿过灌木丛来到它身旁，看到箭的钝头像锋利的尖刀一样整个穿进松鸡的身体里，像步枪子弹一样使它迅速丧命。

当天晚上，我把松鸡清理后放在火上烤，整只都吃掉了，也不管肉上的箭孔。那个周末，我继续出去打猎，又打了两只兔子和一只松鸡，都射杀得干净利索。那周我放学后就忙着烤松鸡，吃松鸡。后来我又做了一些箭。

到这时，我才开始做一些宽刃箭头，想用它去打些大点的动物。

用手枪捕猎小动物和大动物的区别很大，同样，用弓箭捕猎小动物和捕猎大型动物也完全不同。

首先，捕猎大型动物当然不能用钝头箭。对于小鹿、麋鹿或者驼鹿来说，致命的是宽刃箭头上的刀刃。这一点原始社会的猎人和现代狩猎者都一样清楚。原始猎人会用像刀刃一样锋利的石头、鹿角或者燧石尖做成锋利的天然刀刃装在箭头上。箭头射入动物身体，刀刃会对它们造成致命的伤害。事实上，用一根简单的尖头木棍就可以杀死几乎所有动物，包括大象（或者乳齿象），只要木头足够尖锐，而且尖头刺中的是要害部位，比如心脏或者肺部。如果再在木头的一端装上更宽的刀刃，这个过程就会变得更简单。

于是，宽刃箭头应运而生。

我小时候，只有双刃箭头和三刃箭头（类似剃须刀片那样插入式的箭头是后来才出现的，它们极大地提高了杀伤力）。那时候的宽刃箭头比较钝，需要打磨。先用锉刀磨，然后用石头，最后用磨刀石，直到它锋利得可以剃下你胳膊上的汗毛。

我选择的是三刃箭头，这出于两方面的考虑。首先，三刃箭头有一个额外的刀片，我觉得这个刀片非常重要。但更重要的是，这是军用商品，价格非常便宜。据说，这种刀片是军队采取“无声”行动的时候使用的。虽然我当过兵，对此略知一二，但我却没有找到是这种用法的证据。不管什么原因，每个刀片只需要十美分，质量还很好（射到树枝都不会损坏）。虽然打磨起来有些费劲，但一旦磨好就是绝佳的刀刃。（去年圣诞节，我得到一个公元前 300 年的铜质箭头，它跟 MA-3 箭头很相似，个头儿更小，我怀疑

MA-3是仿着这种早期的铜质箭头制成的。）

我买了十几个MA-3箭头，又以四美分的单价从奥福德港邮购了些扁柏树木棍，做了捕猎大型动物用的箭。做每支箭我都花了大量时间，确保羽毛是笔直的，箭头和箭杆在一条直线上。这样，箭发出以后就不会跑偏，也不会和羽毛在前进方向上“较劲”。

其实，在我跟着农民伯伯们用弓箭打猎之前，我就已经用步枪打死过一头鹿。当时使用的是一把老式的16口径单发勃朗宁猎枪。与其说那是狩猎，不如说是采集肉类。伯伯们举着步枪站在空地上，男孩和其他人则被派去丛林里把小鹿赶出来。那并不像一项运动，我们去打猎本来也不是为了运动，而是为了获取一家人过冬的肉食。我拿着几乎比我还高的猎枪，跌跌撞撞地走过一片长满草的沼泽地，地上的积雪几乎和我的腰平齐。这时，一头雄鹿跳到我面前，一动不动地站着。我不假思索便举起猎枪，扣动扳机，开枪。那头雄鹿中弹后歪倒在地上。我当然是激动极了，结结巴巴地呼喊我的高迪伯伯。伯伯穿过灌木丛，过来帮我。他把雄鹿的内脏取出，然后把它拖到路上，和其他人已经捕获的鹿一起摆成一排。那是我狩猎生涯中捕获的第一头鹿。回想当时的情景，一个孩子举起一把老式的单管猎枪，装上被大人们称作“南瓜球”的子弹，打到了一头惊恐的鹿。这纯属走运，并不能称得上是严格意义上的狩猎。

真正用弓箭狩猎大型动物更像是一门艺术，有着更高的要求。刚开始，我并不确定究竟应该如何做。有些人会简单地找到一条鹿道，躲在旁边的灌木丛中，或者爬到树上“守株待鹿”，等鹿出现。还有些人会穿上鹿皮靴，蹑手蹑脚，缓慢地在树林里行走，尽量不发出任何声响，当碰到正在进食或者睡觉的鹿时，趁它没有发现悄悄下手。

刚开始，我选择移动式狩猎，可能是因为小男孩没有足够的耐心“守株待鹿”。后来，我更喜欢站立式的狩猎，把自己隐蔽起来，伺机下手。我第一次用弓箭射到鹿就采取了这种方法。

当时，我在北方一栋老宅子附近，那宅子多年前就已经废弃了。我在那栋几近坍塌的房子后面看到一头雄鹿。

我拉满弓，等了几秒钟，鹿走了出来。一切都水到渠成，我的箭正好射中它的要害。它又走了几步，然后倒下来，头抬了一下便死了。

《手斧》中布莱恩的狩猎经历其实是源自我第二次用弓箭猎鹿的过程。那是两年后（我十五岁的时候），那次打猎可以说没有一件事是正常的。一般情况下，那个时候的北方树林都是秋高气爽、风和日丽的天气。那年却截然相反，白天一直是凄风冷雨，晚上地面会结上一层薄冰，走上去冰就会碎，让脚陷入寒冷的烂泥里。世上的一切事物似乎都是冰冷潮湿的，就连我这个十五岁小伙子都抑郁得骨头疼。

这个时候恰恰是最好的步行狩猎时间。草上有水就不会很脆，不会沙沙作响，树枝上的水滴落下来的声音还会掩盖脚步声。过了几年，我发现暴风雨来临前是狩猎的最佳时机，因为各种猎物都躺下了，不像平时那样警觉。这就是布莱恩所处的状况，他为了生存不得不打猎，并不是因为喜欢打猎。

那天下午大概三点钟，我来到一片沼泽旁。沼泽地上还能辨认出很多鹿的脚印，大都是刚刚留下的，沼泽地的水还在往脚印窝里流动。这沼泽带来了一个问题：我当时穿着胶鞋，容易发出声音，虽说在那种天气里声音不会很明显。我的两只脚还比较干爽，甚至捂得有点暖和。胶鞋只到我的小腿肚，沼泽地的水肯定比鞋筒深，我的胶鞋很可能会进水。

但是，那片沼泽里到处都是鹿的脚印。

我带了火柴，可以点火，周围有很多枯死的白桦树，可以提供木柴。下雨天，白桦树的树皮是最好的生火燃料。如果我身上湿了，可以用这个方法烤干。

于是，我抽出一支箭搭在弓上，往后退到沼泽地。这时，我发现自己对困难估计不足。

刚刚迈出第一脚，我的胶鞋就整个陷进烂泥中，两只鞋里立刻灌满冰冷的泥水。我之前爬上一座小山俯视过这片沼泽。但是，现在身处其中，我发现里面的草比预想的要高很多。我陷入沼泽后，周围的草比我的头还高出大概四英寸。我像是走在一条狭窄的隧道里一样，水不停往我的胶鞋里灌。

没人会觉得我是在打猎。头三十码，我竭尽所能往前移动。等走到第二个三十码时，我已经迫不及待地想要逃离。我并没有感到恐慌，因为现在还谈不上处境危险。但是，我感到越来越不舒服，身体也渐渐不受控制。所以，我下定决心，如果不能在短时间内走到更高的地方，那我就掉头。

我又向前走了一步，就在这时，听到第一声奇怪的声响。

树林里的声响总是纷繁复杂。有鸟叫的声音；有小东西发出的窸窸窣窣的声音，有时候这种声音听起来像是一个大家伙在灌木丛中疾走；还有重物倒下来的声音，可能是一只寻觅小虫子或者蚂蚁的熊把枯死的树枝从腐烂的大树上拽了下来……所有这些声音的背后都有原因，知道背后的原因就能产生一种安全感。只有两种情况不同于此，而且会让人毛骨悚然。

一种是四周突然安静下来。不管白天和夜晚，下雨或下雪，总会有一些声音，当这些声音突然停止，那就意味着不好的事情即将发生。可能有匹狼经过，正在寻找猎物，或者有只老鹰——也许是猫头鹰——正在附近捕猎。最近，我遇到一个人，他开船的时候遭到一头大白鲨攻击。就在他被攻击之前，一向浪声不断的大海变得异常安静。“我当时应该有所警觉，”他一边摇头一边说道，“这样，我就能保住右腿了。”

另一种听觉上的警告是突然的或非常响亮的声音。如果在完全没有防备的情况下，听到非常响亮的声音，那你的人生可能因此改变。有一次，我在帐篷里快睡着了，感觉好像有根树枝穿透帐篷戳到了我。我生气地踢了一下，结果发现，踢到的是一头熊的后背。那头熊正靠着帐篷，在篝火的余烬周围嗅来嗅去，想找点什么吃的。它后来发出的吼声把我唤醒，而且改变了我对于踢熊屁股的态度。

当时，在那片沼泽地里，我听到了巨大的声响，仿佛有什么大块头的东西跃向空中，落在我前方的沼泽草地上。

后来，仅仅过了半秒钟，又响起第二声，紧接着是第三声，离我越来越近。

所有这些都发生在两秒钟之内，我不由自主举弓搭箭。

这时，又听到一次跳跃声。

所有一切都好像是以慢动作进行的。有一刻，我觉得雨水打湿了我的箭，我不知道这会对射程或者精准度有什么影响。最后，伴随着跳跃声，一头长着十二叉鹿角（后来数清楚的，每边有六叉）的雄鹿，穿过我前方的草地，全速向我逼近。在距离不到十英尺时，我看到了它。就在它腾空而起的一刹那，我把箭射出，箭头插入了它的胸膛。它当时已经跃到空中，看见我的时候它已经被箭击中，无法再改变跳跃的方向。然而，它还是努力一搏，没有全速撞向我，而是在空中扭转身体。最后它的身体侧面撞到了我，然后倒下了。

我也倒下了，那感觉就像是被一辆卡车撞倒，我身上的弓和箭散落一地。鹿的一条腿被弓弦缠绕，它使劲蹬腿试图挣脱。我向后倒下的时候，弓和掉出来的几支箭被雄鹿压断了。（我真的很幸运，没有倒在箭头上，一年前我认识的一个人就没能摆脱这样的厄运。他从打猎用的树顶支架上摔了下来，倒在他自己的一支箭上，箭头割破了他大腿内侧的动脉，周围没有人能救他，他最终因失血过多而死。）所幸，我只是浑身湿透，满是泥浆，可以说毫发无伤，而那头雄鹿却伤得很重。箭穿进了它胸膛的中央略偏上的地方，几乎不偏不倚地射中了心脏。撞到我之后，它继续向旁边翻滚，脚底绊了一下，踉跄两步，陷进了沼泽里。

我狼狈极了，箭折了不说，弓还断成几段，弦缠绕在我头上。曾经有人告诉我，一定要戳一戳鹿，看它到底有没有死，以防你靠在它身上时它踢你一脚。我挣扎着爬起来，把鹿往前推了一下，确认它确实死了。它的眼睛失去了生气，鼻子没有了呼吸。我感受到了捕杀动物所带来的悲伤。我取出鹿的内脏，用草叶初步清理了一下，这样可以防止鹿肉腐烂。内脏分解产生的热量会促使鹿肉腐烂，即便在严冬也是如此，因为它身上的皮毛会给尸体保温，从而让内部的器官变质。

那头鹿块头很大，净重近二百磅。我那时候的体重大概才一百三十磅。我所在的沼泽地距离我放自行车的大路有两英里，从那条路回到城里大概有四英里。

后来我也像布莱恩一样，了解到猎杀动物和善后处理完全是两码事。我得把这头鹿带回城里，请屠夫把它切成适合冰箱储存的大小，然后给他留下一块肉作为报酬。

我想方设法，终于把鹿背出了沼泽地，又花了一个多小时才把它运到坚实的地面上。一到那儿，我就用弓弦和我身上的皮带（以后不在口袋里装上十五英尺长的绳子我绝不出来打猎）做了一个临时腰钩，把它的一端钩在鹿下巴的一个洞上，另一端缠在我的腰间，这样就可以把猎物拖到公路上了。

听起来很简单，是不是？我是说，说起来简单，可做起来难。我想不慌不忙地把鹿拖到公路上，然后想办法将它绑在我的自行车上，最后再拉回城里。

可是，我拖的这头鹿比我还重，而且地上没有积雪，不然还可以拖得轻松点。

那过程简直就是一场噩梦。我从下午三点左右开始拖，天黑了还没走出一英里。天黑之后，雨越下越大，我差点就想搭个帐篷在那儿过夜了。我没有带雨衣，只穿了一件粗帆布做的半防水的夹克衫，不一会儿浑身就湿透了，而且天也越来越冷。

天还没有完全变黑的时候，我停下来，在几棵柳树旁搭起了帐篷。所幸我当时的位置正好靠近另一片小沼泽地（这地方有好几百片沼泽地）。我发现在水草外围有一些枯萎的白桦树，我用刀子从其中一棵上面割了些树皮，拿来点火。然后，我在地上找到一些还比较干燥的松树枝，把它们折断后盖在树皮上。当然，我随身带着火柴，我是绝不会不带火柴就出门的。我在家用熔化的蜡给火柴做了防水处理，还用一个防水的盒子装起来放在身上。我用一根火柴点燃了白桦树皮，树皮开始噼里啪啦地燃烧起来。我又在树底下找了一些还算干燥的木头加上去，最后在上面堆了湿木头。不一会儿，随着噼里啪啦的声音，一团火焰就燃烧了起来，我的情绪也随之振奋很多。

当然，我那时已经饥肠辘辘，好在我收获了许多肉。我从鹿的肋骨上割下一条肉，放在绿色的树枝上（防止肉被烤煳），在烤煳之前吃下了肚。虽然没有盐，没有胡椒，也没有面包，但那味道香得难以置信。我估计吃了四到五磅肉，终于吃饱了，满嘴、满舌头都沾着鹿油。之后，我把火堆周围所有的木头都收集起来，这足够用上好几晚。

午夜过后不久，狼群就来了，它们是被血腥气和肉香吸引过来的。借着火光，我能看到它们的眼睛，一度感到非常害怕，开始疯狂想念我的弓箭，但好在火堆把它们拦在了远处。也许它们并不会骚扰我，但想到身上还有几支箭，我决定，在迫不得已时就把它们当长矛用。这么一想，我的心里好受多了。

黎明前，那群狼就离开了。等到天刚蒙蒙亮，我在鹿身上开工了。我把它侧边的一块皮剥下来，重新做了一个腰钩，这可比用皮带做的好多了。我又吃了一顿肋排肉，喝了几口带着泥炭味的泉水，便开始继续拖鹿。

我一直坚持到身上每一块肌肉都像着了火，忍无可忍时才停下来。我调整姿势，像消防员救人一样把鹿扛在肩上。但我才走了五十码，双腿就开始发软，因此又不得不停下来休息。我生起火，烤了些肋排肉。我一度觉得最好的解决办法就是待在丛林里，直到把整头鹿都烤完吃掉。那时候正好是周末，家人们估计也不会想念我。其实，一半时间他们都不知道我在哪里，可能还以为我去了朋友家。

但如果是在我总挂科的学校，我不在的话，他们肯定会注意到。

所以，我还是得回去。那一整天我拖拖停停，最终在天黑之前抵达了公路，精疲力竭。那时候，鹿身一侧的鹿毛大都被磨掉了。我的自行车还在那儿，我把鹿拽到车座和车把上，沿着公路往前推。这几乎是不可能的，鹿总是从车的一边掉下来。但由于有了车轮辅助，移动起来比徒手拖动省力多了。就这样推了几百英尺之后，我找到一个平衡点，推起来轻松了一些。

那条路几乎被废弃了，但在丛林的外围有一些农场，我觉得，或者说我梦想、希望或者祈祷，如果有人开卡车经过这里，可以捎我到城里。

但是，这梦想没有成真。我推着车跌跌撞撞地沿着公路走，每小时大概走一英里。我时不时停下来揉揉腿，更多时候是停下来把鹿拉回车上。当我回到家门口的行车道时，早已过了午夜。我找到一些绳子，把鹿拉到公寓旁旧车库的椽子上。它的身子已经血肉模糊，皮也只剩下一半，脚垂下来正好碰到地面。后来，我走进地下室，在一个大沙发上躺了下来。伴随着壁炉里煤炭燃烧的嗞嗞声，我像死了一样沉沉睡去。

此后，我的生活依然继续着，我还有过很多捕猎经历，有比这顺利的，也有比这糟糕的，猎物有鹿，也有其他动物。这头鹿在我的记忆中日渐模糊，直到写《手斧》和《冰雪弓箭》时才又逐渐清晰起来。它不仅是我人生经历的一部分，也融入到布莱恩的故事之中。

5

特别的食物

他抬起头，远眺湖面，然后把蛋放到嘴边，紧闭双眼，一边用力吸，一边拼命挤，以最快的速度把蛋液吞下了肚。……好腻啊，感觉油乎乎的，可再腻也是一枚蛋啊！

——《手斧》

自然界存在两种主要的驱动力：生存和繁殖。其中最主要的驱动力是生存，因为无法生存也就谈不上繁殖。对于大多数生物来说，生存的第一要务是觅食。

我在参加艾迪塔罗德狗拉雪橇比赛以及进行备赛训练的时候，跟狗儿们在冬令营度过了很多时光。在那儿，我只靠研究一种动物就可以学到所有人生道理，这种动物既不是狗，也不是狼，而是一种鸟——山雀。

山雀真的很奇特，它们冬天不迁徙，而是留在北方。在零下四五十摄氏度，甚至零下六十摄氏度的严寒中，它们不仅能生存下来，而且看起来非常快乐。它们蓬松的羽毛可以防寒保暖，其生命力之顽强令人难以置信。我见过冻僵的松鸡、靠树站着的冻死的鹿、冻僵的兔子，有两回甚至还见过冻僵的人——所有这些都是被自然淘汰的，死于寒冷、饥饿或者愚笨。（试想有人在天寒地冻的冬天去参加乡村越野滑雪，却没有随身携带火柴或者打火机。这个可怜的笨蛋在山坡上不幸摔伤了腿，只能躺在一堆足以供给一座小型城市的燃料中间，活活被冻死。）

但是，我却从来没有见过冻死的山雀。它们就像长着羽毛的狼一样，而且本领比狼更多。

我年轻时曾经做过一个决定，不记得确切的时间，只记得是在野外的时候，我下定决心这辈子要在丛林中长大或者生活，别无所念。很长一段时间，我的生活真的和《手斧》里布莱恩的生活没有两样。我总是去树林里打猎，随身只带着一张弓和一袋箭——八支钝头箭和三四支宽刃箭，还有一小包盐、一些火柴，仅此而已。

刚开始的时候，我发现自己能不能吃到东西，很大程度上靠运气，布莱恩也是这样。但是，有两条根本的生存之道对我和布莱恩的生活产生了重要影响。首先，是树立终身学习的理念。刚开始，我只知道在丛林里猫着身子往前走，直到发现周围有什么动静，才拿出弓箭试试运气。后来，我逐渐学着去理解自己所看到的情况。再后来，我学着去用心感受丛林：这儿的一个声响，那儿的一点儿动静，一条看起来有点奇怪的曲线，一根树枝反常地迎风摇摆，或者什么奇怪的气味，这些都会引起我的关注。不仅是这些单一的变化，而是所有这一切叠加在一起，它们融入我的内心，让我成为丛林的一分子，让我可以未卜先知，知道下一刻那只松鸡会飞向哪个方向，那只兔子或者那头鹿会怎么逃跑，它们会用什么来做伪装。

这些能力并非一蹴而就，最初进展缓慢，但没过多久，我就开始理解一些以前不会注意的细节。比如，一段线条会引起我的注意，我知道那边有一只松鸡，它正准备向左边飞，结果真的如此；我还能听到树枝摆动或者断裂而发出的轻响，我知道那是一头鹿，它已经看到我，正准备在我回手取箭的时候逃跑。学会这些，知道树林里的各种奥秘，并且成为其中的一部分，是我一生中最大的成就之一。它们时刻伴随着我，给予我指导和帮助。我不断地学习，保持旺盛的求知欲，尝试了解自然界的各种动物，尝试学习写作，学习管理雪橇狗队，学习驾驭帆船……活到老学到老的感觉真的棒极了！

布莱恩后来还逐步认识到另一个生存之道，这便是数千年以来世界各地的人们耳熟能详的一个道理——饥饿是最好的调味品。

人在饥饿状态下，会把正常情况下永远不吃的东西（令人厌恶的、难以下咽的东西和看一眼就会呕吐不止的东西）当作绝对的美食。

比如说，大航海时代的英国海军，他们的主要食物是压缩饼干，那是一种经过脱水处理的饼干，装在非密封的木桶里。他们经年累月在海上漂泊之后，饼干上爬满了蛆虫。以前，人们会花很长时间挑出饼干上的蛆虫，但在濒临饿死时，他们就会把蛆虫当作一种美味的黄油，抹在饼干上作为佐料。他们甚至还会吃藏在船舱里的老鼠。等到漫长的航程快结束的时候，饥饿的水手甚至会以一个月薪水的高价购买这些老鼠。

刚开始打猎的时候，我只想捕猎松鸡、兔子和鹿，只想吃这些动物身上最好的部位，不会碰像内脏那样让人反胃的东西。

我带着这样的想法在丛林里游荡了三天，一无所获。后来，终于有了突破。我发现一只红松鼠，不论大小还是食用价值都和普通老鼠差不多，也许比老鼠可爱点吧。当时，那只红松鼠正蹲在离我二十英尺远的一根树枝上。我用一支钝头箭射中了它，将它带回营地，清理，剥皮，取出内脏，然后仔细打量起来。

它的样子看起来像一只剥了皮的小沙鼠。我把它放在一口小铝锅里，倒入水，在附近找了些橡子，剥了皮放进锅里一起煮。煮好以后，我把松鼠肉和橡子全都吃了。洗锅的时候，我在一根木头上发现了松鼠的内脏，是我清理出来丢下的。这时候，我依然饥肠辘辘，于是，我拿起那小小的心、肾和肝，留下了胃和肠子，又煮了一锅，就着橡子把这锅东西也吃得精光。可我的肚子依然很饿，饿极了。这样的饮食既不会让人发胖，也不会让人饿死，只能在一定程度上减轻饥饿感。

从那以后，我对食物和猎物的态度发生了一百八十度大转弯。一旦我在树林里感觉饿了（这种饥饿感就不会凭空消失，除非我打到大一点儿的猎物，比如一头鹿、一只以上的兔子、三只以上的松鸡、十到十五条鱼），否则我绝不会再只想着牛排或者其他精选肉类和蔬菜。

随着饥饿感越来越强烈，我能接受的饮食范围也越来越大。我吃过包裹在新鲜蒲公英叶子里的毛毛虫，它们太软糯了，我不想咀嚼，就直接整个吞了下去。总之，不管怎样恶心，我还是吃下去了，而且忍住没有吐出来。我曾经像布莱恩那样找来一根干柳枝，削尖，在箭头上刻出浅浅的倒钩，最后用火把它烤硬，这样就做成了一支箭，再配上手工制作的弓，射中了一条鱼。我把鱼眼睛吸了出来，用勺子把鱼鳞刮掉，然后用鱼皮包着煮熟的鱼肝和鱼脑一起吃。除此之外，我还吃过兔脑，上生存训练课的时候还吃过蛇。小时候读了《国家地理》关于非洲原住民的文章后，我还想吃蚂蚁和蚱蜢。我发现，这些虫子和蛆虫一样，最好是用叶子包裹起来整个吞下去。值得一提的是，烹饪过的蚱蜢吃起来脆脆的，如果你记得放盐的话，味道真的不错，有点像炒货。

我发现，一旦你开始接受奇怪的食物，更确切地说，一旦在熟悉的打猎过程中接受了那些不同寻常的方面，你就不会有任何忌口，也就不会再浪费什么食物了。其实，并没有什么奇怪的，这种做法对于大多数早期文明里的原住民来说是非常普遍的。现代社会有了很多廉价的现成食物，这些做法逐渐被人们遗忘，但还是有迹可循。

记得我第一次参加艾迪塔罗德狗拉雪橇比赛的时候，有一天上午，我来到了白令海峡沿岸的一个小村子里。不知为什么，我每次抵达村庄的时候都是半夜。奇怪的是，那次我却到得很早。还没到中午，跑了整整一夜的我已经疲惫不堪。我以为雪橇狗们也一样累，但没想到，它们突然猛冲了出去，冲过比赛签到的检查点，沿着一条乡间小路飞奔，在一间小屋子前停了下来。只见那儿有一个小男孩正跪坐在一只刚被屠宰的海豹身旁。小狗们一定是闻到味道了，为了阻止它们全部扑到小男孩身上，我费了好大劲把雪钩埋到一个雪堆下面。我害怕它们会伤害小男孩——他看起来不到六岁的样子——然而，他自己却丝毫也不担心。我好不容易让小狗们停下来之后，他才缓缓地转过身子，嘴巴和下巴上沾着血。他冲我笑了笑，礼貌地问道：“你想来点海豹血吗？”

他对我这么慷慨，我也不好意思拒绝，于是就点点头，弯下身子，尝了尝。那味道并没有让我感到恶心，不过我更希望煮熟以后再吃。我以前吃过血肠，那是把血和面粉和在一起，放在烤箱里做成的。我点点头，向他表示感谢。后来，我还看到他拿着一罐食用油走在两栋房子之间的小路上，边走边用两个指头挖着吃，就像在吃冰激凌一样。他还是那么礼貌友好，用两个指头挖起一坨白色脂肪，伸过手来要给我吃，但这次我婉言拒绝了。

刚开始写“手斧男孩”系列小说的时候，我坚持让布莱恩所有的遭遇都建立在事实的基础上，或者说尽可能接近事实。我不希望他所做的事情在他所遭遇的情境下不会或者不可能发生，因此，我决定只写那些在自己身上发生过的事情，或是我为了布莱恩而特意去做过并且确信的事情。

其中最难的事情之一就是用手斧和石头生火。我曾在北方丛林里的一片湖区游荡了好几天，寻找撞上斧背可以产生火星的石头。后来，我花了四个多小时生火，可还是事与愿违。火星总是在碰到木柴之前就熄灭了，不是方向不对，就是热度不够，或者是木柴不够干燥，总是没法点燃。在我费了九牛二虎之力后，终于有一个火星不偏不倚地落在木头上，冒出了一缕白烟和一些微弱的火星。这时，我轻轻吹了几口气，就冒出来一团小火苗，火便生起来了。在我的记忆中，这件事和艾迪塔罗德狗拉雪橇比赛以及太平洋航行一样，对我产生了巨大影响。那种感觉很奇怪，我想原始人发现火的感觉可能就是如此。我久久不愿让火熄灭。虽然我有很多火柴，生火是件易如反掌的事情，但这用石头和手斧生起来的篝火显得格外炽热和宝贵。

我还记得自己经历过一次失败的尝试，那就是吃乌龟蛋。那年春天，我在进行第一次艾迪塔罗德狗拉雪橇赛前训练的同时，完成了《手斧》的写作。当时，我在明尼苏达州离美加边境不远的地方，周围是一片郁郁葱葱的树林，湖泊星罗棋布，那是世界上风景最美的地方之一。由于心脏问题，我已经不能在那儿过冬，但那里的一切依然历历在目，一想起那里来我的心里就充满愉悦和惊喜。

春末夏初的时候，地上的积雪都融化了，没有条件训练狗拉雪橇。但那里到处都有原先伐木留下的小路，可以让雪橇狗拉着轻质三轮车在上面进行训练。经过一个冬天的训练和比赛之后，雪橇狗们都变得非常强壮，这样的练习在它们看来就像玩耍。它们以为训练的目标是以最快的速度在路上奔跑，到拐角处听到鞭子甩得啪啪作响的时候，让小车翻到路边的沟渠或者灌木丛里，我敢肯定它们是边练边笑的。其实，我的任务是穿过这些林间小道时保持小车平稳行驶。

那个春天，我找了几条之前从来没有走过的小路来训练。这些小路上的积雪早早地融化了，地表只有一层很薄很薄的土。这里的树木枝繁叶茂，如同南美的热带雨林植物。树木长势如此之好倒不是因为土壤肥沃，而是因为雨水充沛。小路上没有土，只有沙子，跟世界上任何一片沙滩上的沙子一样纯净，因为该地区在史前时代是一片广阔的内陆海。

这些布满沙子的小路蜿蜒穿过树林，沿途有不计其数的湖泊和池塘，每个池塘里都有一些鳄龟。因为春天里我没有走过这些小路，所以我并不知道雌龟会出来在沙子里下蛋，而它们能找到的最好的空旷沙地就在这些小路上。

这些乌龟块头很大，其中有一些长度超过了两英尺。它们不仅外表丑陋，而且非常凶狠，那样子总是让我联想到鳄鱼挑衅霸王龙的场景。它们会发出咝咝的声音，猛地撕咬，你若稍不留神就会被咬断手指。我有个朋友名叫沃特，有一次他在河边，就是因为离一只鳄龟太近，不幸惹祸上身。我永远都记得他一丝不挂从我跟前跑过的样子，他一边跑一边尖叫："快把这东西弄走！快弄走！"那只乌龟好像锁在了沃特的右脸上。我们最终把沃特拦了下来，试着用棍子把乌龟的嘴撬开，但它还是死死地咬住他的脸颊。我怀疑沃特的脸上现在还留着明显的疤痕。

有一天，我在训练时越过一个长满灌木的小土丘，奔跑着的雪橇狗们踩到了一只正在下蛋的雌龟。显然，它那天心情不好，而我们的行为无异于火上浇油。雪橇狗们之前从来没有见过乌龟，天知道它们是怎么想的，没准儿还以为那只雌龟是专门派来吃狗的外星生物。后来的一切以迅雷不及掩耳之势发生。我开始并没有注意那只雌龟，直到雪橇狗们踩上它我才看到。它左一口、右一口地咬小狗，一边发出咝咝的声音，一边吐出嘴里的狗毛。狗拉的小车翻向一侧，雪橇狗们逃离训练用的小路，试图往路边的大树上爬。我从鳄龟身上翻了过去，鳄龟顺势从我外套上咬下硬币大的一块布，急得我一阵叫喊，连当时说了什么都忘了。小车在它身子下面弄出了个坑，把它刚下的蛋给掘了出来。至此，一切仿佛静止了。

我整个人趴在地上，离鳄龟大概四英尺的距离。雪橇狗们被一些树枝绊到，身上的狗绳绞在一起，我得有把刀才能让它们解脱出来。那一刻，四周没有一点儿动静。

鳄龟看看倾覆的龟巢，一个个圆圆的龟蛋像脏兮兮的乒乓球一样散落在地。它又看看摔倒的我，以及树下的雪橇狗们和它们身旁的拖车。最后，它发出了一阵咝咝声，宣告认输。鳄龟拖着自己的身子离开了这条沙子路，回到自己生活的沼泽。它看起来就像是受够了今天的生活，又重新返回了史前时代一样。

我收起散落的装备，我那只聪明敏捷、从来不会被绳子缠绕住的头犬库克凑了过来，用它的牙齿灵巧地咬开把它和其他狗拴在一起的绳子（我以前总希望它能改掉这个习惯），朝着龟巢走去。它闻了闻其中一个蛋，用鼻子碰了碰，把它整个吞了下去。我知道，黄鼠狼会把龟巢里的蛋挖出来吃掉，因为我在湖边和沼泽旁见过被扯烂的龟巢。当时我正在写《手斧》，所以我突然想到布莱恩的飞机坠毁在北方的湖边，他肯定会碰到龟巢，肯定会饿得把龟蛋吃掉。我在库克吃光所有的龟蛋之前捡起了几个，库克看到却没有抗议，而是动了动嘴唇，应该是在警告我，这龟蛋比起普通的鸡蛋味道差远了。我把龟蛋放进外衣口袋里，直到闲下来时才想到把它拿出来。

大家可以看看，其实到这里我已经犯了好几个错。首先，我当时所处的情境已经离题万里。首先，我的肚子很饱，而布莱恩却饥肠辘辘。其次，布莱恩经历的是飞机坠毁，而我经历的只是训练狗拉雪橇的拖车翻倒了。再者，布莱恩的处境令人绝望，而我只是在做调查研究。

我把狗绳整理好，重新给小狗们套上，然后取出一个龟蛋，擦了擦，再用刀轻轻地切开它坚硬的外壳，三下五除二，一仰头便吸光了里面的液体。

生肉、鱼眼和内脏只是我一生中吃过的奇怪东西的一部分。我在菲律宾还吃过一种叫作鸭仔蛋的当地美食。那是一种鸭蛋，里面是已开始腐烂的鸭子死胎，吃的时候会整个滑进嘴里，某处还有个硬块。我还吃过虫子，也知道部队里一些C型战斗口粮是用路上被轧死的动物，掺着猪油、烟灰和猫的呕吐物，再经发酵制成的罐头。

尽管如此，乌龟蛋却让我无法下咽。

我把它吸进嘴巴，强忍着咽下一半，我想腐败的凡士林大概就是这种味道。我望着远方的地平线，尽量去想象一些美好的事物，比如冰激凌、牛排和奶奶以前给我烤的上面撒着棕黄色面包屑和糖的苹果派，还有龙虾、奶酪汉堡包、香草奶昔……然而，我还是没能坚持住。

我以最快的速度把嗓子眼里儿的东西吐了出来，就像发射黄色流弹一样。我的头犬库克，像是等了很久一样，开始舔我的呕吐物，这让我恶心得更厉害了。它甚至在呕吐物落地之前就灵巧地把它接住了。

这就是我尝试了三次都无法完成的一项研究。后来的两次情况更糟，我吐到已经没有东西可吐了，以至于库克哼哼唧唧地表示不满。尽管如此，我在书中还是保留了吃乌龟蛋这一情节，因为布莱恩毕竟不是我，他的处境和我的处境也不尽相同。一旦饿到极限，他也许能咽得下去，哪怕它黏黏的、黄黄的，还有股难以忍受的恶臭味。

6

野炊之乐

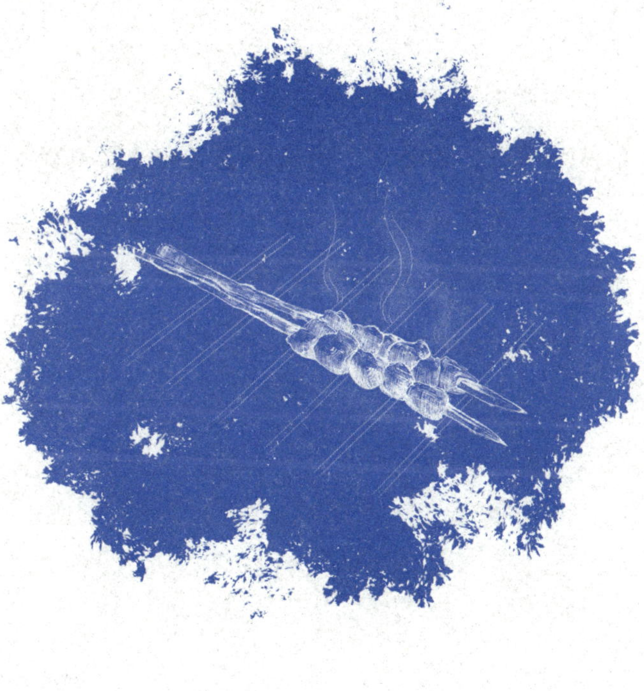

他不会忘记第一次射中鱼的情形，永远不会……他一把抓住箭，拎出水面，发现箭头上叉着鱼，在碧蓝的天空下，胖胖的鱼儿不停扭动身体。

他高高举起那条鱼，最后，鱼不扭了，他依然握着箭，看着它，看着蓝莹莹的天，感觉喉头发紧，有种哽咽感。他为自己的成功感到无比骄傲。

他有东西吃了！

——《手斧》

说到吃，人们总会觉得理所当然，忘记了现在我们获得食物是多么轻而易举。如果饿了，只要拿一包东西放到微波炉里，按下按钮，马上就可以吃到一顿热饭。很多人觉得正儿八经做顿饭就是自己削土豆皮、煎牛排、切四季豆。然而，我们却忘了，在人类历史上的大多数时间里，并没有像平底锅、电饭锅、盐瓶和叉子这样的厨具。

布莱恩就像是生活在史前时代的人类，我偶尔也会体验一下原始人的生活。我发现，即使是用原始的烹饪手段，也依然可以做出味道不错的食物。以下就是我试验成功的几份“食谱”。

热水

没有水壶，烧热水确实很难，但如果有时间（在野外迷路的情况下总会有足够的时间），你可以把绿色的桦树皮卷成圆锥筒形，用松树上的松脂把接口处粘上（用火把松脂加热，让它变得更加黏稠，然后用树枝将它抹在桦树皮上，用树枝是因为它粘在手指上很难去除）。印第安人拿桦树皮做独木舟用的也是这种办法。不过，用桦树皮做水壶烧水会有一个问题，就是不能长时间使用，你需要不停地用松脂修复水壶。

用一根带树杈的树枝做成支架，把锥形水壶卡在中间，倒入冷水，就可以开始加热了。找些小石头放在火里烧烫，用树枝夹起小石头放进水里。石头上的灰会浮到水面上，很容易撇掉。这水可以趁热喝（特别适合寒冷的早晨），也可以放入肉块做成肉汤或者炖肉。

关于水，有一点要说明。水质的好坏对于生存至关重要，劣质水可能会致命。刘易斯和克拉克的远征队所到之处可能是世界上最干净、污染最少的地方，然而，饮用劣质水所导致的痢疾却给他们带来了灾难性的影响。当船在泥水里航行时，队员们直接拿锡杯在河里舀水喝。他们对细菌和细菌可能引起的疾病一无所知，但他们对这水也确实不太放心。可惜，他们并没有在喝前把水煮上二十分钟，他们不知道把水煮沸可以杀死大多数细菌，他们只是将杯子伸到河水深处，在远离河面泡沫的地方取水，以为这样就能取到河里“纯净”的水。他们随身携带了一些药物，而使用最多的是能“像炸弹一样”清理人体系统的“泻药”。真是难以置信，得了痢疾的人居然可以吃这种药，但队员们确实靠这种办法奇迹般存活了下来。

炖鱼炖肉

用前文提到过的桦树皮做成水壶或类似的容器，在里面装上水，放入一条鱼或者其他小动物，然后不停地往里面添加滚热的、尽可能烧得又红又烫的花岗岩碎片，直到水沸腾为止。同时，把已经变得不那么热的石块取出来，烧热后再加入，如此反复操作，直到肉煮熟和骨头分离为止。如果煮的是鱼，不要去皮或者去鳞；如果是小型猎物，则要除掉上面的毛发；如果是小鸟，那么只需要拔掉羽毛，不用去除内脏。原因有二：一是这样煮出来的肉口感更好；二是肝脏、肾脏和心脏这些内脏的营养价值很高。还有，你可能不想吃鸟的胃和肠子，但千万不要浪费。可以清除掉里面已经消化或者消化了一半的食物，用冷水洗净后，放在桦树皮锅中正在煮着的汤里。过去，原住民会把猎物的肠子拽出来生吃，连同肠子里的东西一起吃掉，有时候会在上面洒胆汁用来调味。他们捕杀水牛后最喜欢用这种方法食用。

如果是小型动物或者鱼，汤一烧好就要喝掉，然后剔下骨头上的肉全部吃掉，记住是全部！把眼睛吸出来，脑子挖出来，统统吃掉，千万别觉得恶心。野外生存最忌讳的就是恶心二字。

木板烧

如果周围没有桦树皮，你又不想吃生肉，还有一种烹饪办法就是用木板烧。用这种办法做出来的食物虽然不如用桦树皮容器做出来的那么可口，但比用木棒穿起肉放在火上转着烤要好一点儿，至少不会有很多肉掉进火里烧煳。做木板烧时只需要去除动物的毛发，可以完整保留动物的肢体和内脏。找一块平整的木板，用木楔子把肉固定在木板上，把木板架在石头上，对着火烤，直到肉熟为止。这确实是个办法，但这么做就没有汤可以喝了，而且部分营养会流失掉，或者被木头吸收。

不管是用锅煮还是用木板烧，你吃完肉之后，可以用剩下的骨头再熬个汤，当然，前提是你可以想办法做出某种容器。小鸟因为飞行的需要，身体必须很轻，所以它们的骨头是中空的。而其他的小型动物的骨头里是有骨髓的，如果把骨头敲开再煮，可以获得更多的营养。

小骨头干了之后可以当工具使用。火上烤硬的骨头在粗糙的石头表面磨尖之后可以用作狩猎小型动物的箭头。你还可以用它们当鱼钩，然后接上绳子，再用你自己不会吃的毛毛虫做诱饵。

一点儿都不浪费。

串烧烧烤

人类第一次烹饪也许是无意之举。一块肉或者蔬菜掉进火里之后，用一根木棍把它取出来。这几乎不能称为烹饪，只能算是一次意外，但这次意外却造就了串烧烧烤。

这其实并不是特别健康的烧肉方式。用这种方法确实能把食物烤熟，如果特别仔细、足够用心的话，味道还是不错的，但要记住几个诀窍：肉要离火足够近，但又不能靠得太近，以免被烤煳；要不断旋转木扦，以免烤出的肉汁都滴进火里。我吃过的最难吃的一块肉是串烧的长耳野兔肉，之所以难吃，就是因为当时没有不断旋转木扦。野兔肉的紧致是出了名的，可能唯一的烹调办法就是把它煮烂。但当时我身处沙漠，既没有炊具，也没有桦树皮可以做个临时用的锅。那只兔子不幸被我射中时，除了两只蜥蜴之外，我已经有一天半没吃东西了。我把烤好的野兔肉切成块，整个吞了下去，因为根本嚼不动。我想，如果当时我想嚼烂了再咽下去的话，没准儿到现在我还在嚼着呢。

长耳野兔肉本身是很有营养的，就是吃起来跟嚼木头一样。棉尾兔有很多，在我学会如何捕捉它们后，我就再也不吃烤的长耳野兔肉了。只是棉尾兔很难捕获，因为它们基本上属于夜行动物，白天生活在地洞里。我从一个阿帕奇人那儿学到一招：找一根带刺的铁丝，六英尺长，把它弯成L形，然后塞进兔子的地洞，等兔子的毛被铁丝缠起来的时候，就可以把兔子拉出来，对着它的头一敲。用这种方法，我在三天里成功捕到了四五只兔子。一天早上，我又把铁丝塞进兔子洞，突然感觉有什么东西撞了上来，然后拽出来的竟然是一条约三英尺半长的气急败坏的响尾蛇。我把它塞回地洞的过程中，它四次试图发动攻击，所幸都没有碰到我。

土坑烧烤

把肉放在土坑里烧熟是非常受欢迎的烹饪方式。

首先挖一个比食物体积大一些的坑，在里面放上石头，然后在石头上生起旺火，直到石头接近炽热状态。

除去动物身上的皮毛，用长野草和软树叶把肉一层层裹上（如果有湿麻布，也可以用来包肉），然后把层层包好的肉放在石头上，在上面盖至少一英尺厚的土。就这样把肉放置一夜（但如果是早上开始的，可以在下午或者晚上把肉拿出来），取出来时，你会发现它已经变得松软可口。

我用土坑烹饪法烧过松鸡、兔子、牛肉、羊肉、猪肉、鹿肉、龙虾和鱼（鲇鱼、大眼鱼、白斑狗鱼和海鲈，还有海藻包裹着的吞拿鱼），我全都爱吃。后来我觉得这可能是我最喜欢的一种野外烹饪形式了，只有一次例外。

当时我在一个电影片场帮忙，那部电影是讲述山民生活的，拍得非常糟糕，都没有上映。那时候，国家还没有出台关于使用动物拍摄电影的规定。那部电影讲到射杀水牛的事情，片中的那头水牛是从附近的农场买来的。整个拍摄过程非常不堪，而且整头牛都浪费了，因为摄制组没人知道该怎么处理水牛的尸体。我从一台餐车上找到一把屠刀，在他们把牛拖走之前从牛后背上割了一块肉下来，又把皮剥掉（又厚又硬），再切下一块臀肉，还有五六磅的里脊肉。

其中一位副制片人看到我割了牛肉，没收了里脊肉，只给我留下臀肉。我在附近生起火，支起一顶旧行军帐篷，把一整块牛臀肉放在架子上烤，不停地翻转。那种烟熏味，混合着腻腻的油脂味，还有种野外的味道，别提多香了。我和片场的另外一位朋友坐在那里，用借来的屠刀切下一块块厚厚的牛肉，就着几杯纯天然的泉水，不一会儿就吃掉了整块臀肉。

那真是一场饕餮盛宴，让我不禁想起了古人。在人类能够用文字记载历史之前，他们或许也像我们那天一样坐在篝火前，一边使用石器切肉，一边抬头仰望星空，让食物和火为他们注入生命的力量。除了我第一次参加艾迪塔罗德狗拉雪橇比赛的经历，那次烤肉可能是我最接近洞穴壁画上所刻画的原始生活的体验。虽然那是在荒芜的沙漠里，而不是北方林地和湖区，但我有一种很奇怪的感觉，我觉得那时的我最像《手斧》和《冰雪弓箭》里的布莱恩。后来又过了八年我才搬到北方居住，开始训练小狗，狩猎野生动物，并着手写书，但实际上，那些书真正缘起于我坐在篝火边吃牛臀肉的那一刻。

那晚，我凝视着熊熊篝火，在心里问自己：如果蓦然发现自己置身于一片如岁月般悠远的荒野里，那是什么感觉？

冰天雪地中如何自救?

长时间暴露于严寒中会引发致命的低温症。在冰天雪地中独自生存，下面哪些说法、做法是正确的?

① 搭一个简易的棚子，将雪覆盖到棚顶上有保暖作用

② 不停地做高抬腿动作，让身体散发热量以维持体温

③ 寻找干木柴，在石堆上生起一堆篝火

④ 在火堆上放一些青树枝，制造烟雾信号

⑤ 在雪地上画出大大的“SOS”标志，以便让救援飞机上的人看到

⑥ 渴了就抓一把雪吃，及时补充水分

⑦ 在大雪中追赶猎物

⑧ 衣服穿得越厚越好

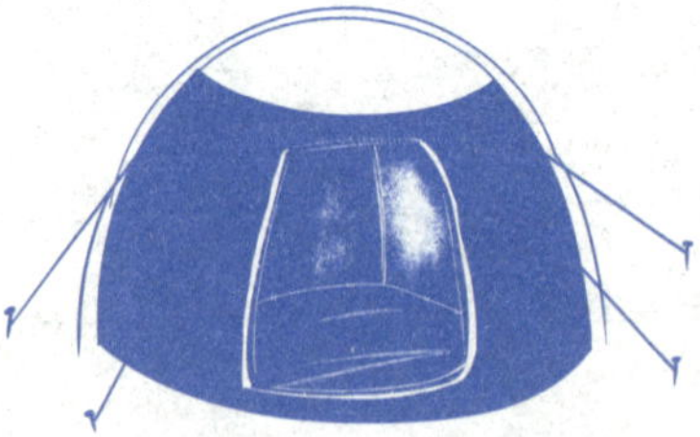

答案

正确的是：①③④。错误的是：②⑤⑥⑦⑧。

① 正确。雪很凉，却可以用来保温，是因为空气导热性很差，雪层的空隙里有不少空气，有很好的保温作用。因纽特人用雪砖砌冰屋也利用了这一原理。

② 错误。陷入绝境时要做的事情很多，通过必要的活动让身体产生足以维持体温的热量即可，做高抬腿动作只会浪费能量。

③ 正确。在雪地上不容易生火，所以在石堆上进行。

④ 正确。用火烧含水量高的植物会产生浓烟。

⑤ 错误。在白茫茫的雪地上画“SOS”很不容易被发现，正确的做法是找一片空地，在上面用树枝摆出“SOS”，字母越大越容易被发现。

⑥ 错误。直接吃雪会消耗身体很多热量，正确做法是用火将雪烤化成水后再饮用。如果没有火堆，就将雪装进水壶，把水壶放到衣服里（不要贴着皮肤）使雪融化。

⑦ 错误。大雪中能见度低，很容易迷失方向，而且新雪会覆盖你的足迹，让你找不到回去的路。

⑧ 错误。衣服薄厚穿得要适宜。穿得过于暖和会让身体出汗，汗水打湿的衣服会让你感觉到越来越冷，而且穿得过多行动很不方便。

1. 冰天雪地中，没有火，如何快速弄干衣服？

将衣服展开放置，待其结冰后，将衣服对折若干次，使衣服上的冰块碎裂脱落。然后用衣服抽打树干，重复几次，使上面残留的碎冰全部脱落。然后你会发现此时衣服已经基本上干了。

2. 如何用雪搭建一个庇护所？

你知道吗？雪也可以用作建筑材料（想想因纽特人的冰房子吧）。找一块积雪较深的地方，把雪夯实，向下挖出约 2 米长，1 米宽的沟壕。再找来一些树枝密密地搭在沟壕上，最后在树枝上面铺上一层雪。这样，一个能防风的“雪洞”就建好了。

3. 低温症有什么症状？

过久暴露于严寒中，身体核心温度降到 35℃以下，会导致低温症。最初的病征是不受控制地浑身发抖，这是因为身体在通过发抖产生更多的热量。病情继续发展，患者会出现思维迟缓的症状，说话语无伦次，肌肉僵硬，甚至丧失意识。这时应赶紧帮患者温暖身子，否则他就会死亡。要注意的是，如果患者已昏迷，千万不要给他喂水喝，因为患者已经失去了吞咽功能，水有可能进入气管，造成严重后果。

4. 不小心掉进冰窟窿该如何自救？

保持镇定，不要惊慌，乱扑乱打可能会使冰面进一步破裂。找到冰面较厚、裂纹较小的位置，双手扶在冰面上，双脚打水，使身体浮起来。然后向前伸双臂，逐渐增加身体接触冰面的面积，一点点爬出冰窟窿。

离开冰窟窿后，不要站立，爬到岸边。将湿衣服脱下，换上干燥的衣服。与此同时，要尽快生一堆火，不停地运动，使体温恢复正常。

5. 哪些野生植物可以吃？

大自然是一座宝库，蒲公英、荨麻、车前草、水芹、马齿苋、蕨菜、荠菜、鱼腥草、败酱草等都是煮一煮即可食用的野菜。运气好的话，你还可能找到山莓、桑葚等浆果，核桃、板栗、榛子等坚果，美味而且富含营养。

6. 哪些虫子可以吃？

自然界中昆虫数量多，蛋白质含量丰富，且容易捕捉，是野外求生时不错的食物来源。蚂蚁、蝉、蟋蟀、蚱蜢、蜻蜓都可以烤熟后食用。地下的蚯蚓和树桩里的蛆虫也可以烤熟了吃。如果你觉得嚼着吃太恶心，可以用可食用的树叶卷起来一口吞下去。

7. 如何烧水？

如果能找到竹子是最好的，竹筒里灌水后可以直接架在火上加热至水沸腾。用桦树皮也可以做一个简单的容器。先将桦树皮卷成圆锥筒形，再用松脂把接口处黏合在一起，就可以盛水了。

桦树皮容器不宜直接用火烤，你可以先在里面盛满水，然后把石头烧烫，丢进水里。这样重复几次，水就烧开了。

8. 关于打火机要注意什么？

如果有打火机，野外生存会方便很多。准备至少三个打火机，一个放兜里，一个挂腰带上，一个放背包里。打火机的外壳最好是橙色的，这样掉落后更容易被发现。如果是在严寒天气下，打火机本身的温度很低，里面的油料无法挥发，就打不着火了，这时需要把它放在兜里暖一暖再用。

9. 在野外如何保存肉类?

如果是在冬天，你捕获猎物后不会为保存的问题发愁。但如果是在温暖的季节，新鲜的肉过一天就可能腐败。如果保存不当，辛辛苦苦打来的猎物就浪费了。肉要是一天吃不完，就把它烤熟，用烟熏一熏，这样可以大大延长其保存时间。

10. 没有肥皂和沐浴露如何洗澡?

可以用草木灰，也就是植物燃烧后剩下的灰烬。像肥皂一样，草木灰里含有碱性成分，可以去除油污。向草木灰中加水，得到的草木灰水可作沐浴露使用。要注意，尽量不要直接将草木灰抹在身上，那样容易灼伤皮肤。

温馨提示

保护野生动物，人人有责。本书中涉及捕猎野生动物的情节均以绝境生存为特定背景，在实际生活中应遵守当地相关法律。

书中提及的大量求生技巧，是经野外生存专家验证有效的，仅适用于野外生存，未经指导和训练，切勿盲目模仿。